Rolf Haufs
Steinstücken

Rolf Haufs

Steinstücken

Roman

Mit einem Nachwort von Kerstin Hensel

Quintus

1. Auflage 2022

Binzstraße 19, 13189 Berlin
www.quintus-verlag.de

Umschlaggestaltung: Oda Ruthe, Braunschweig,
unter Verwendung einer Skizze von Rolf Haufs
Satz und Gestaltung: Ralph Gabriel, Berlin
Druck und Bindung: Finidr, s.r.o., Český Těšín

ISBN 978-3-96982-049-0

1

Die Polizisten nahmen Georgs Arme sofort herunter, hielten sie fest, banden ihm den kalten Hund um, den man andrehen konnte wie ein Instrument aus einer mittelalterlichen Folterkammer. Georg sah nicht mehr auf. Die Männer zogen ihn auf die hintere Sitzbank. Der Wagen fuhr an. Die Sirene heulte in kurzen Abständen. Stimmen hinter ihnen. Bellen. Husten. Lachen. Ein kleines, schnell kreisendes, bläuliches Wölkchen. Kommen jetzt. Ohne Zwischenfall. Kommen jetzt. Haben verstanden. Nein. Keine besonderen Vorkommnisse. Aktion LINZER TORTE, zwo, drei, vier.

Der Fahrer trug Uniform. Die andern, wo war Merz geblieben, die andern, die drei, einer neben dem Fahrer, die andern, beide dickärschig, fett, die drei um Georg herum, er spürte ihre Beine, ihre unsympathischen Beine, er spürte ihre Arme hinter seinem Kopf auf dem Polster liegen, trommelnde Finger, Atmen. Der Mantel des vor ihm Sitzenden, halb zu Georg hingewendet, der Mantel ging auf, darunter ein breites, gelbes Lederband, über dem Herzen des Zivilen baumelte die schwarze Katze, ein Griff, ein schneller Griff, ohne Anrufe, ohne Ankündigung, Warnung, Drohung, tot oder lebendig, gezielt.

Georg schloss die Augen. Er hörte die Polizisten sprechen. Es war ein großer, langer Traum. Er sah den hohen Wald vor S. mit dem Mond darüber, er sah den schmalen Weg, den sich schlängelnden, weichen, gelben Sandweg, die rotweiß aufleuchtende Schranke, dahinter die Männer, dahinter Merz, sie alle auf ihn zukommend, breitrandige Hüte, hochgeschlagene Mantelkragen, die Hände in den Taschen. Ich wusste es ja, ich ahnte es ja – Merz!

Georg hörte die Stimmen der Polizisten wieder. Er hörte sie lachen, sie mussten sich umziehen, Zivilkleidung für die Aktion LINZER TORTE, schnell umziehen, der Befehl kam überraschend, ein Anruf, von wo, woher, ein Anruf, irgendwer hatte angerufen, Georg war auf dem Weg zum Schlagbaum, kam aus S., war auf dem Weg. Der Weg war zwölf Minuten lang.

Einer hatte die Unterhose verkehrt herum an. Saß auf dem Schlitz. Rutschte neben Georg hin und her. Hatte keinen Halt. Fluchte. Stieß Georg an, dessen Handgelenke schmerzten. Er hob die Hände hoch. Ein Polizist drückte sie zurück. Ein Polizist legte die Hand um Georgs Nacken. Georg hielt die Augen geschlossen. Hinter ihnen blieb die Straße nach Kohlhasenbrück. Die Männer lachten.

Sie hielten in der Nähe des Flugplatzes vor einem langgestreckten, dreistöckigen, graubraunen Gebäude. Die Fenster waren ohne Gardinen. So schien es unbewohnt. Die Männer zogen fast gleichzeitig kleine rötliche Kennkarten aus den Innentaschen ihrer Mäntel. Ein Uniformierter mit geschultertem Gewehr salutierte. Die Männer führten Georg durch den von Säulen flankierten Eingang ins Treppenhaus, zum Fahrstuhl, durch einen langen Gang, an Türen vorbei, in eines der Zimmer, in dem nichts weiter war als ein einzelner Stuhl. Durch das Fenster sah man die Dächer der Flugzeughallen, den sich drehenden Radarschirm, der mit dem Himmel darüber unsichtbare Zeichen sprach.

Die Männer hatten Georg allein gelassen. Er sah auf die gefesselten Hände. Er sah die grauen Wände, die Glühbirne unter dem schwarzen Blechkranz über der Tür. Auf dem Boden stand eine Konservenbüchse mit Zigarettenasche. Vor der Tür hörte Georg langsame, gleichmäßige Schritte. Georg hatte sich nicht gesetzt. Er folgte einer Fliege, die zwischen Fenster und Tür umherirrte.

Der Mann, der kurze Zeit später in das Zimmer kam, forderte Georg auf, vor dem Fenster ruhig stehen zu bleiben. Der Mann hatte eine gleichtönende, wenig auffällige Stimme. Sein Gesicht war leer. Dem Mann folgten sieben andere Männer, die sich neben Georg stellten. Der erste Mann teilte kleine Zettel aus, auf denen mit Rotstift geschriebene Nummern standen. Georg hatte die Nummer vier. Als sie bemerkten, dass Georg eine Brille trug, holte einer der sieben Männer sieben Brillen. Der erste Mann nahm Georg die Handfesseln ab. Als einer der sieben Männer sagte, Georg sei ohne Krawatte, winkte der erste Mann heftig ab. Dann wurde ein neunter Mann hereingeführt. Es war Merz. Merz sah niemanden an. Merz sah keinen der sieben Männer an. Merz sah Georg nicht an. Merz ging sofort wieder hinaus. Der erste Mann ging hinter Merz her. Die sieben Männer gingen hinter Merz und dem ersten Mann her. Die Tür schloss sich hinter ihnen.

Der erste Mann kam zurück und sagte: Sie sind derjenige, den wir suchen. Georg wollte etwas sagen, zum ersten Mal etwas sagen, jetzt etwas sagen, etwas fragen, aber der Mann sagte, ehe Georg einer Bewegung fähig war: Geben Sie alles zu. Wir wissen alles. Wir sind über alles genauestens informiert. Sie haben Verbindungen gehabt. Leugnen ist zwecklos und erschwert Ihre Lage. Geben Sie alles zu. Sie sind der Mann, den wir suchen. Wir haben herausgefunden, dass Sie der Mann sind, den wir suchen.

Der Mann legte die Hand auf Georgs Schulter, schob ihn durch die Tür in einen kleinen, dunklen Raum, eine dritte Tür gab einen dritten, hellen Raum frei, in dem zwei alte Sekretärinnen auf hohen Drehstühlen vor weißen, in schwarze Schreibmaschinen eingespannten Blättern saßen.

Der Mann begann zu sprechen. Die Schreibmaschinen begannen zu sprechen. Georg saß schräg zu den Schreibtischen auf einem Hocker. Der Mann ging unruhig umher, diktierte Georgs Unwillen zu sprechen, streitet der Beschuldigte die ihm zur Last gelegten Straftaten ab und weigert er sich außerdem, irgendwelche Erklärungen abzugeben, haben Sie geboren Haarfarbe Körpergröße.

Die Sekretärinnen nickten und gaben dem Mann die beschriebenen Blätter. Der Mann gab die Blätter Georg, befahl ihm, forderte ihn auf durchzulesen, genau durchzulesen, jedes Wort, jedes Komma, jede Zeile, befahl ihm, forderte ihn auf zu unterschreiben, Vorname, alle Vornamen, Zuname, Ort und Datum. Georg las nicht, unterschrieb, stand auf, der Mann führte ihn wieder durch den dunklen, kleinen Raum in den Flur, wo zwei andere Männer Georg in die Mitte nahmen und in eine Zelle am Ende des Flurs brachten.

Die Zelle war kaum größer als eine Abstellkammer, ein schmaler Kellerraum mit Steinboden und vergittertem Fenster. Das Fenster war abgeblendet. Niemand konnte von außen hineinsehen. In der Ecke links hinter der Tür stand ein Eisenkübel. Ein Klappbrett als Stuhl. Ein Klappbrett als Tisch. Ein Klappbrett als Bett. Das Bett war mit einer dünnen blauen Schaumgummilage bezogen. Am Fußende lagen zwei Wolldecken mit dem Aufdruck STRAFVOLLZUG. Georg drehte die Decken um, so dass die eckigen, zerstreiften Buchstaben nicht mehr zu sehen waren. Die Buchstaben stanken nach Blechteller, nach blaulinierter Kleidung, vielleicht mit Nummer und Punkten, mit Dreiecken, Vierecken, rot, grün, gelb, gefährlich, gemeingefährlich, homosexuell, harmlos. Stanken nach einem runden, blaulinierten Kuchenformhut, nach dicker, rauer Leinenunterwäsche, nach Pissschwaden aus der Wäscherei.

Georg hatte sich auf das Bett gesetzt, saß leicht nach hinten gelehnt, stützte sich mit den Händen auf, starrte auf die flackernde Lampe, die von Zeit zu Zeit gegen die Wand schlug. Georg drehte den Kopf um, stand wieder auf, ging einige Schritte auf die Tür zu, hörte jemanden kommen, jemanden gehen, jemanden sprechen, jemanden stehen bleiben, vor seiner Tür, vor dieser verschlossenen, verriegelten, vereisten Tür. Er hörte Kratzen und Schieben, er sah, wie eine kleine, runde Stelle oberhalb des Türschlosses hell wurde, wie ein Auge dort erschien, wie es sich hin- und herbewegte, wie es sich drehte, nach oben, nach unten, nach links und rechts, suchend, ihn suchend, beobachtend, ihn beobachtend, die wenigen Möglichkeiten, Dinge zu tun oder nicht zu tun.

Das Auge verschwand wieder. Der Schieber verdunkelte die Öffnung wieder. Jemand drehte einen Schalter, das Licht in Georgs Zelle erlosch. Jemand drehte einen Schalter, das Licht brannte wieder. Über dem blauen Bett lauerte ein in antiken Lettern gemalter Spruch ÜB IMMER TREU UND REDLICHKEIT, darunter ein in die Wand gekratztes Herz GLAUBE, ein Pfeil LIEBE, ein Name HOFFNUNG.

Sollte er gehen oder stehen, an der Wand stehen und warten, unter dem Fenster, das einen winzigen Spalt Himmel freigab, sollte er sich legen, die Augen schließen, sollte er rufen, schreien, mit den Fäusten gegen die

Tür hämmern, oder sollte er zurückgehen, den Weg nach S. zurückgehen, mit den Männern den Weg gehen, mit Merz, der ihm gegenübergestellt worden war, der ihn beschuldigt, verdächtigt hatte, ohne dass etwas war, es war nichts mit ihm, nichts mit S., nichts mit Verbindungen, es war nur S., der Weg dorthin, die Straßen und Häuser und Menschen, der Weg und der Wald zwischen Schlagbaum und Bahnlinie, der Weg, der zwei Welten miteinander verband, eine der anderen zugehörig.

Jetzt aber würde Georg S. beim Namen nennen, wie es der Artist G. empfohlen hatte, G., der, solange ihn Georg kennt, ständig, auch wenn er nicht auftritt, ja selbst im Schlaf, ständig und unaufhörlich einen Besen zwischen Mund und Nase zu tragen imstande ist und damit großen Erfolg hat.

G. also, der in S. war, der den Nebel in S. abgetastet hatte, die von der Sonne abgebrannte Wiese, auf der drei Torbalken gegen die Backsteinruine eines früheren Altersheimes abstanden, der unter der Schranke hinweggegangen war, der seine Füße über die Bahngleise gehoben hatte, über die Bahngleise, die S. entzweischnitten, dem Zäune und Hunde und Distelsträucher und Rauchschwaden aus brüchigen Kaminen, dem Geschrei flatternder, hälsestreckender Gänseschwärme, dem federhüglige Kinderwagen, Wäschestangen und Warntafeln und Soldaten und Müllberge, dem all dies Wege durch S. gewesen waren, der nie mehr den Schnee vergessen wird, der über S. niederging, obwohl er den Schnee nicht gesehen hatte, weil Schnee auch in hundert Jahren selten im Oktober kommt.

G. hatte S. beim Namen genannt.

Er war über den Fußweg der Steinstraße gegangen, unter rostigen Laternenhelmen, an fleißigen Gartenzwergen, angelnden, sägenden, rupfenden, zupfenden, unkrautjätenden, hilferufenden vorbei, an Kleingärten und Kleingartengerät, hatte Kohl und Dahlienfeld gerochen, Schilder vor jedem Haus gelesen, vor jeder Tür, dies hier amerikanisch, rein amerikanisch, nicht britisch, nicht französisch, schon gar nicht russisch, schon gar nicht deutsch, russisch, deutsch waren die buckligen Steine der Steinstraße gegenüber, der gegenüberliegende Fußweg, die Kiefernreihen dahinter, die Häuser dahinter.

G. hatte S. beim Namen genannt, obwohl ihn zwischen Kreuzstraße und Roter Brücke eine braune Dogge anzufallen drohte. G. hatte sich umgesehen, hatte S. erkannt, hatte Steinstücken erkannt, war in Steinstücken gewesen, eintausendzweihundertundzwanzig Meter hinter dem Schlagbaum, hatte passiert, hatte passieren dürfen, die Grenze nach Steinstücken, vorbei an CHECK POINT BRAVO, war Steinstückener, ICH BIN EIN STEINSTÜCKENER, weil Georg ihn angemeldet hatte, ihm einen Passierschein besorgt hatte, den G. vorlegte, seinen Namen, sein Geburtsdatum, den Namen seiner Frau, seiner Kinder, den Beruf, den Beruf seiner Kinder, Schüler etwa oder Rollerfahrer oder Hosenscheißer, die besonderen Kennzeichen, eine zischende Lunge, ein zuckendes Auge, ein flexibles Rückgrat, die besonderen Kennzeichen, unter die Besen nicht fallen, denn Kennzeichen, die von jedem Friseur immer und zu jeder Zeit entfernt werden können, sind keine besonderen Kennzeichen, können keine besonderen Kennzeichen sein, das ist einzusehen, eher schon, wenn Besen auch auf dem Passfoto zu sehen, unabänderlich und von keinem Friseur zu keiner Zeit zu entfernen, oder wenn der Besen zwar vorhanden, aber nicht auf dem Passfoto zu sehen, da kann es einem passieren, dass man zur Rasur muss und dann mit brennendem Kinn über die Grenze.

Steinstücken, in einem Wald versteckt, hinter Busch und Regen, von Augen umgeben, von Schritten. Würde Georg Steinstücken erklären können, seinen Weg dorthin, die Dinge, die er erfuhr, die unbestimmt waren, über die niemand sprach und über die kein Amt eine Auskunft gab.

Sollte er Pluskow folgen, Pluskow, einst Lebensmittel- und Fischgroßhändler im Deutschen Reich, heute Besitzer eines Kramladens, hinter einem mannshohen Erdbunker in Deckung gegangen, mit angrenzendem Schankraum, in dem die Stühle mit den Beinen nach oben auf den Tischen standen und in Staub und Schatten dahinschliefen; sollte er Pluskow folgen, dem alten, zittrigen Grauhaar Adolf Pluskow, der morgens und abends, Tag um Tag, einen kleinen, ebenso alten und zittrigen Wagen mit Milchkannen und Schachteln und Körben durch den Wald schob, über Laub und Wurzel und Stein, auf dessen krummem Buckel Sonne und Kälte, Licht und Dunkelheit waren; sollte Georg seiner Darstellung folgen, wonach er, Pluskow, ganz allein und aus eigenem Antrieb eines Tages aufs Fahrrad gestiegen war, das damals, nach dem achten Mai, in jenem Sommer nach dem achten Mai, noch eine geölte Kette besaß und einen modern geschnittenen Kunststoffsattel und eine abgedunkelte Lampe, die vor Tieffliegern schützen sollte; dass er, Pluskow, ohne Beschwerden und mit Elan aufs Fahrrad geklettert war, durch den Wald nach Zehlendorf gefahren, aufs Amt, um dort nach amerikanischen Lebensmittelkarten anzustehen, für sich, seine Frau, seine Kinder, für sie alle und für die übrigen Einwohner Steinstückens; dass er mit dieser Tat den Einwohnern Steinstückens, seinen

Kindern, seiner Frau und sich die Freiheit geschenkt hatte, sie eingetauscht hatte gegen den Frieden, gegen die langsamer arbeitende russische Administration, die von Rechts wegen allein befugt war, Lebensmittelkarten, russische Lebensmittelkarten in Steinstücken auszugeben, auch wenn es vierzehn Tage oder länger dauern mochte, eine Zeit also, die ausreicht, um daran Hungers zu sterben; dass er, Pluskow, und mit ihm niemand den Wunsch hatte, Hungers zu sterben, nachdem sie alle den Krieg, wenn auch in Pluskows Erdbunker und mit den Erträgen ihrer kleinen Gärten, mehr oder weniger abgemagert überlebt hatten; dass Pluskow am Abend jenes Sommertages zurückgekehrt war, amerikanische Lebensmittelkarten in den Wind gehalten hatte und fortan gelobt und geehrt sein wollte, er, Retter und Fackelträger, ungekrönt, Entfernung zur Roten Armee zehn Schritt; sollte er Pluskows Darstellung folgen, den Georg oft schon am Mittag in seinem Hinterstübchen Held spielen sah, der lallend und schwankend auf Tischen und Stühlen morsche Lieder sang, unter Staubnetzen den Kopf im Takt bewegend, und mit seiner Atemfahne den Flitterhimmel tanzen ließ, der seit Silvester vierundvierzigfünfundvierzig unter der Decke des Schankraums hing. Pluskow träumte. Er träumte von marmornen Denkmälern und breiten Avenuen, die seinen Namen trügen.

Oder sollte sich Georg nicht an Pluskow halten, an seine Reden und an seine händeringenden Beschwörungen, dass sich alles so und nicht anders zugetragen habe, an die karierten Blätter seiner Einnahmen-Ausgaben-Kladde, auf denen alle Schlagzeilen über Steinstücken, alle Fotos und alle Mitteilungen im Amtsblatt chronologisch geordnet und geklebt waren.

Sollte Georg der offiziellen, eindeutigen und nicht anzuzweifelnden, verständlichen, aber dennoch ebenso verwirrenden, weil verwirrende Zustände schaffenden, dennoch jedermann erklärlichen Meinung zustimmen, wonach Steinstücken, versteckt hinter dicken Baumstämmen, hinter unbefahrenen Bahngleisen, fast unter der Erde, ein armseliger Maulwurfshügel im Gelände, das von der Landschaft würdig umwachsen war, das sich ein finsteres Misstrauen erschlafen hatte, wann immer und wo immer man seinen Namen nannte, ein kaltes Nest, von Schildern und Häschern umgeben; wonach Steinstücken Teil der Stadt Berlin, Teil des Waldbezirkes Zehlendorf, im südwestlichsten Zipfel, in der Nähe des Düppeler Forstes, Teil des Ortes Kohlhasenbrück an Bäke und Teltowkanal, wo der Bootshausbesitzer Lümmelmann herrscht, den sie König von Kohlhasenbrück nennen; wonach Steinstücken Teil der Stadt Berlin seit neunzehnhundertundzwanzig, dass nach den Grenzen dieses Jahres die Stadt gevierteilt wurde, dass der südwestliche Teil und mit ihm der südwestlichste Zipfel mit seinem vorgelagerten Villen- und Katendörfchen Steinstücken und der ebenso winzigen, doch unbewohnten, von einem Bauern namens Söderbaum und einem Gaul namens Erich bewirtschafteten Wüsten Mark, dass dieser südwestlichste Zipfel amerikanisch wurde und damit Anspruch hatte auf amerikanische Lebensmittelkarten, auf amerikanisches oder westliches Geld, auf westliche Arbeitslosenunterstützung und Verwaltung, auf einen westlichen Bürgermeister, auf westlichen Schutz, auf westliche Butter und Strümpfe, westliche Briefmarken, auf westliche Feuerwehr und auf einen westlichen Briefträger.

Dass es hin und wieder Verzögerungen bei der Postzustellung gab, dass ein Briefträger eines Tages ausgewechselt wurde, ein anderer schon von Weitem nicht nur über die Straße rief, dass Post da sei, sondern auch den Absender nannte; dass die Witwe Stiernagel, die kurze Zeit nach Georgs Ankunft an einem Krebsleiden verstarb, dass sie, die etwas fettleibige, aber doch offenbar gutmütige Witwe Stiernagel steif und fest behauptete, es gebe kein Papier über den gegenwärtigen Zustand, erst recht nicht über die quer durch Steinstücken führende Bahnlinie, die mitsamt ihren Knallerbsenhecken und Löwenzahnblüten und Weiden eine Art Niemandsland war; dass der Autobusschaffner Otto Büscher, der auf der Linie achtzehn Dienst tat, sich nach Kofferinhalten erkundigte und das verdutzte Gesicht des so Angesprochenen nur mit einem wohlwollenden, scheinbar ahnungslosen Lächeln erwidern konnte; dass der Tierarzt Montag aus Gröbzig in Sachsen-Anhalt eines Nachts in langen Unterhosen auf dem First des Hauses Steinstraße sechsundvierzig stand und über die Grenze den Soldaten zurief: Ein deutscher Junge friert nicht; dass dies alles und das, was Georg in einem Jahr in Steinstücken gehört und gesehen hatte, dass ihn dies noch einmal auf den Weg führen musste, dass er jeden Tag und jede Stunde zurückbitten, dass er Stein um Stein, Stück um Stück noch einmal abtasten musste, um diesen Raum und die verschlossene Tür zu verstehen.

Georg hörte erneut Schritte. Er hörte, wie man einen Wagen über den Flur schob. Er hörte, wie der Wagen vor seiner Zelle hielt. Ein Schlüssel drehte sich. Ein Mann stand in der Tür. Er sah in die Zelle, ohne Georg anzusehen. Er ging an den Wagen zurück und schöpfte aus einem dampfenden Kessel. Er reichte Georg eine Schüssel. Der

Mann zog die Tür wieder zu. Der Schlüssel drehte sich. Der Wagen fuhr klappernd weiter.

Georg stand einen Augenblick lang regungslos. Dann setzte er sich an den Tisch. Während er die Suppe aß, begann er, nach Erklärungen zu suchen, nach Schuldigen und Ausflüchten. Er stellte sich Merz vor, er versuchte, Merz zurückzuholen, die andern, das Dorf, die Stadt, in der Georg gelebt hatte, bis er vor einem Jahr in das Dorf kam, aber er fand nur Umstände und sich selbst. Er fand, dass die Umstände ihn verändert hatten.

2

In den Himmel hatten sie Türme gebaut, gerade Babeltürme aus Stämmen und Ästen, auf Moor und Laub und trockenen Nadeln. Die Türme wuchsen aus den Schilfstreifen, die sich vom Ufer ins Wasser zogen. Sie ragten aus wild wuchernden Holunderbüschen, aus Ginstergesträuch, aus gestapelten, zersägten Baumleibern, aus Kiefernschonungen und kurzen, gleichmäßig aufgereihten Fichten. Die Türme standen gegen das lichte Schwarzweiß schaukelnder Birken, aufrecht gegen Himmel und Nacht, waren Schatten und Finsternis, waren Soldaten und Märchen, umgeben von blauen Mäntelchen und weißen Lichtfeen. Balken, nach oben strebend, gegeneinandergeschlagen, sich gegenseitig stützend, schließlich eine Plattform bildend, die den Blick auf einen Weg frei gab, der durch den Wald NACH DRÜBEN führte und der Schreie und Schritte barg.

Unter den Türmen verlief die Grenze. Es war nicht möglich, sie zu überschreiten. Die Grenze war nicht passierbar, war ohne Übergang, leer und verlassen wie keine andere. Sie lag im Bann der Türme, eifersüchtige Freier mit immer wachen, regenglänzenden, plötzlich aufflammenden Scheinwerferaugen. Die Kiefern, die sich hier vor langer Zeit gegen den Himmel abgehoben hatten, waren gefällt worden. Sie hatten im Weg gestanden. Sie hatten die Sicht versperrt. Sie hatten den Übergang möglich gemacht. Sie waren Schutzengel der Flüchtenden, die von Stamm zu Stamm gehetzt waren, kreuz und quer, aufgescheucht, die den eintönigen Schritten der Patrouillen gelauscht hatten, die dann hinübergelaufen waren, während sie die Rücken der Posten im Licht des Mondes glänzen sahen.

Die Kiefern waren gefällt worden. Von Jahr zu Jahr war der Grenzstreifen breiter geworden. Die Säge fraß sich, von einem heulenden Motor getrieben, durch harzige Rinden, war Biber und Ratte, der Specht schlug nach, Getier umflatterte die zerstörten Wohnungen, ängstlich und trostlos. Die Zweige schlugen auf. Die Trillerpfeife des Soldaten hatte die Männer in ausgehobenen Gräben Deckung nehmen lassen. Danach wurde es eine Zeit lang still, bis die Männer unter rhythmischen Rufen die Bäume vor die Türme schleppten, wo sie liegen blieben mit gebrochenen Ästen, Leib an Leib, der Wurzel ledig, ohne die Spur einer Liebkosung, ohne eine Bewegung, ohne die alles ausmachende Bewegung des Nachtwindes, der hier kam mit dem Schrei von Eulen und Katzen, weghuschte unter ruhelosen Lichtern.

Der Weg an den Türmen vorbei führte nach Steinstücken. Ihn zu überwachen, war die Aufgabe einer Hundertschaft Soldaten. Sie hockten auf den Türmen, auf rissigen, spitzen und nassen Zweigen. Sie gingen Patrouille, waren sprungbereite Tiere des Waldes, versteckt, mit angehaltenem, stockendem Atem, getarnt hinter dichtem Blättergrün. Sie kuschten unter Stern und Schneewolke, in der Farbe der Jahreszeiten, unter der Hitze langer Sommermittage, unter den Regenwassern vieler November. Sie schrien gegen den Sturm, sie lachten, wenn die Hähne das Ende der Nacht verkündeten. Während die einen kamen, gingen die andern den geheimen Trampelpfad in die Kaserne zurück, hintereinander, im Schaukelschritt, schweigend. Sie warfen sich in die dreistöckigen Strohsackbetten, schnarchten in den anbrechenden Tag hinein, hatten Träume von Wald und zertretenen Vogelnestern.

Sie gingen Patrouille. Sie umschritten die Türme. Sie machten die Türme aus. Sie gaben einander ein bestimmtes, verabredetes Zeichen. Sie blinkten mit Taschenlampen, dreimal kurz, zweimal lang. Sie liefen die Linie ab, diesseits der Grenzsteine, der Markierungen, diesseits der Warntafeln ACHTUNG PASSIEREN VERBOTEN. Sie liefen eine bestimmte, vorgeschriebene Strecke, einen bestimmten, vorgeschriebenen, ausgetretenen Pfad. Sie kamen zu den Türmen zurück, wurden abgelöst, stiegen herab von den Türmen, stiegen die Türme hinauf, die andern gaben das Zeichen, liefen die Linie ab, durchs Gras den Grenzsteinen nach, eine bestimmte, vorgeschriebene Strecke. Von Zeit zu Zeit blieben sie stehen, standen herum zwischen den gefällten Bäumen, zwischen abgeschlagenem Buschwerk. Ihr Atem wölkte sich unter dem Mond. Die Gesichter hellten sich im Schein eines Streichholzes auf. Die Läufe ihrer Gewehre blinkten. Die Soldaten stießen mit den Spitzen ihrer Stiefel in den sandigen Boden, traten gegen die Wurzel eines Baumes, in die Höhle eines Tieres, erschreckten den Schlaf der Vögel, schlugen die Arme gegen die Brust und an die Schulter, um sich zu wärmen, gähnten hinüber, sagten einander irgendwas, gingen, trotteten, stampften weiter, dem Atem nach, dem Pfad nach, der Vorschrift nach, einer bestimmten, vorgeschriebenen, geplanten, auf einer Karte eingezeichneten Strecke.

Auf der anderen Seite der Linie gingen andere Patrouillen, gingen eine andere vorgeschriebene Strecke, einen anderen bestimmten und ausgetretenen Pfad, gingen Polizisten mit Gewehren und Hunden, die ihre Schnauzen über den Boden schleiften. Die Polizisten trugen rosarotrasierte Unschuldsgesichter zur Schau, waren engelhaft schwebende, gummihaft tanzende Wächter der Bürgertugenden, ahndeten ruhestörenden Lärm, fahndeten nach Sittenstrolchen, die unter Forstbänken oder hinter Büschen Liebespaaren auflauerten, ordneten in Unordnung geratene Hausordnungen, verwarnten alte, schwammhalsige, in Bademänteln Zustände verbergende Frauen, nach zweiundzwanzig Uhr nicht mehr zu baden.

Die Polizisten gingen die Grenze ab, kamen nicht aus Kasernen, gingen nicht zurück in Kasernen. Sie waren von besorgten Weibchen hinausgeschickt, aus weichen, molligen Federbettchen hinaus an die Front, gepudert und in duftende Wäsche gepackt. Maiglöckchen, Veilchen und Flieder. Die Hunde fauchten unter gelben Lederpeitschchen. Zweige knackten. Entsichern. Worte.

Es kam vor, dass sie einander begegneten, die einen von dort nach da, die andern den umgekehrten Weg gehend. Sie erschraken, dass sie eine Sprache hatten, übers Verdienen, über den Dienst, über Frauen, übers Bier, über Zigaretten, über die Saukälte, über die Schweinehitze, auch wir, auch ihr, WIR TUN ALLE NUR UNSERE

PFLICHT, Tag für Tag, Jahr um Jahr, UND WENN DIE WELT SICH AUS DEN ANGELN HEBT. Wenns sein muss, wird geschossen. Es wird wohl nicht sein. Dies hier ist unser. Dies hier ist das TERRITORIUM. Und sollte auch nur ein einziger Fuß. Das tönte und tönte. Die Soldaten, die Polizisten gingen wieder ihrer Wege, die verschiedenen, entgegengesetzten, vorgeschriebenen, bestimmten, geplanten und auf einer Karte eingezeichneten Wege, gingen die Linie ab, die sie voneinander trennte.

In den Himmel hatten sie Türme gebaut. Sie hockten auf den Türmen. Sie sahen hinüber, angestrengt mit verkniffenen Augen, beobachteten, spähten. Der Regen kam um diese Jahreszeit jede Nacht. Der Mond war in einer dunklen Wand zerlaufen. Die Soldaten versuchten, einander zu wärmen, hatten raue Kleider, raue Hände, warteten auf was, waren mit den Gedanken weg, waren in warmen Betten, in einer Kneipe, Dessau vielleicht, Annaberg, Friedrichshagen, Babelsberg. Hatten den Weibertick, faselten, frotzelten, froren. Hinter den Türmen stand der Wald, der schwarze Wald, war das Schreien eines Tieres.

Dahinter vermutete Georg das Dorf, über das ihm bisher niemand etwas Genaueres mitteilen konnte.

Georg war aus einer kleinen Industriestadt zwischen Rhein und Maas gekommen, aus einer Stadt im Nebeltrog, deren Bahnhof man über Bilk und Neuß, an Huxhof, Rottes und Engbrück vorbei, über Büttgen und Kleinenbroich und Korschenbroich durch den kleinen Tunnel unterhalb des Städtischen Krankenhauses erreicht, vorbei an grauschimmernden oder kornhellen oder schneebedeckten Feldern, Ebenen vieler Sonnen, an Molkereigenossenschaften vorbei, Kleiderfabriken, rasselnden Webstühlen, an Brauereitürmen, stillstehenden, von Wind zerzausten Windmühlfängen und qualmenden Krautfabriken, vorbei an reglos dösenden Kuhherden, an trägen, Grasinseln tragenden Bächen, über die Niersbrücke, an langen Napoleonsalleen vorbei, an Burgen, an Liedberg, Dyck und Myllendonk, an Haus Horst im Pappelquadrat, umgeben von Wassergräben, stinkenden, sumpfigen, von hängenden, peitschendünnen Weidenzweigen – die Spazierwege des Dämons, der, vom hänselnden Gelächter und Spottrufen Gleichaltriger verfolgt, einsam hinter den gemessenen Schritten des Vaters und denen der entenhaft wackelnden Mutter, die ihre Hände zum ewigen Gebet gefaltet hielt, herhinkte.

Georg hatte die Stadt im Morgengrauen verlassen. Die falschen Giebel, das Eckengeschwätz, den Kirchturmstratsch, die Gardinensteher, die kleinen Gauner hinter den Ladentischen, die Bibliothekarin Ilse Jansen, den Kaplan Quellbach, der ihm dazwischengekommen war und der ihm vorgehalten hatte, dass sein Großvater, der k. und k. Justizrat, um die Jahrhundertwende eine Evangelische geheiratet hatte, die zudem im hilligen Kölle geboren war. Georg war noch einmal vor dem Haus des Kaplans stehen geblieben. Er hatte mit spöttischem Lächeln die hohen, von elfenbeinfarbenen Läden verschlossenen Fenster gegrüßt, den noch schlafenden oder schon betenden, den knieend, stehend, liegend, sitzend betenden Quellbach, der ihm so oft geöffnet hatte, den Kopf vornüber geneigt, mit starren, unbeweglichen Augen, der ihm die ein wenig fleischige Hand entgegengehalten, die Tür zum Konvertitenzimmer aufgestoßen und sich ihm, Georg, gegenübergesetzt hatte, mit dem Rücken zum Fenster, so dass sein Gesicht im Schatten blieb, während Georg dem Licht ausgesetzt war – jenen sich freundlich gebenden, schwarz gekleideten Priester, der Georgs Welt der vielen Türen ein Kartenhaus genannt hatte, gefährdet und ausgesetzt, auch ihn hatte Georg verlassen. Er bestieg den frühen Zug. Nichts rührte ihn, als die Stadt im Dämmer zurückblieb.

Er war die Strecke schon einmal gefahren, doch seither nicht mehr. Diese Strecke, im August 1943, mit einer Kennkarte, so groß wie eine Schiefertafel. Evakuierungstransport Richtung Mecklenburg. Georg sah Frauen und Kinder, er sah Krankenschwestern mit roten Kreuzen auf Stirn und Arm hin- und hereilen, in grauen Lodenmänteln trotz der Hitze, mit vollgestopften Umhängetaschen. Er erinnerte sich an überfüllte Zugabteile, an nächtliches Vortasten auf stockdunklen Bahnsteigen zum Wasserhahn. Er erinnerte sich an Sirenen. Am Weg lag die feuerrote Stadt Braunschweig. Vor Stendal starb Schuster Vitzens Säugling an einem ebenso roten Furunkel, vor Stendal in der Altmark, Bahnknotenpunkt, Backsteingotik, Nahrungsmittel, Möbel und Eisen, im 12. Jahrhundert gegründete Hansestadt, Geburtsort des Schuhflickersohns Johann Joachim Winckelmann. Die Leiche durfte nicht evakuiert werden. Ein Arzt trug das tote Kind, in eine Decke gehüllt, ins Bahnhofsgebäude, während der Zug anfuhr, weiterrollte nach Wesenberg, wo der als dämlich verschriene Zellenleiter Kreitlein die Ankömmlinge bereits erwartete und in die Quartiere trieb, die Arme nach Westen und Osten schwingend, die Mühlstraße hinunter, die Strelitzstraße hinauf, unaufhörlich redend und kommandierend. In Wesenberg buken von diesem Tag an rheinische Frauen rheinischen Reibekuchen. Sie zankten sich mit dem einheimischen Weibervolk über undichte Wasserrinnen, über Ratten, über Fliegen und Flöhe, die in die Butter sprangen, in die Pfanne, und denen selbst mit rheinischer Reinlichkeit nicht beizukommen war.

Georg hatte schon am nächsten Tag hinter dem Garten dichtes Schilfgewächs entdeckt, einen Weg durch das Schilf, einen im Wasser schwappenden Steg, dem er nachging bis zu der Stelle, von wo er den See überblicken konnte. Einen Steinwurf entfernt lag ein Boot im Wasser, das an einer Kette angebunden war. Georg zog das Boot heran, ließ sich mit ihm hinaustreiben und schlug mit dem Ruder ins Wasser, um Enten und Fische aufzuschrecken. Er erinnerte sich an zwölfmotorige Flugboote, die über das Wasser rasten, sich plump in den Himmel über Wesenberg erhoben, davonzogen und am Ende jenen Vögeln glichen, die am Morgen über das kleine Wäldchen im Nordosten des Dorfes kreisten, in dem Georg mit den Frauen und anderen Kindern Pilze und Beeren sammelte. Er erinnerte sich an stoppelbärtige Männer, die Lappen um die Füße gebunden hatten und im Schilf Frösche fingen, um sie über einem offenen Feuerchen zu braten. Es handelte sich, wie Georg später erfuhr, um gefangene Franzosen.

Schließlich waren sie alle im Herbst desselben Jahres an den Rhein zurückgekehrt, weil es in Wesenberg, wie Georgs Mutter sagte, vor Dreck nicht auszuhalten war. Außerdem hatte sich das Pflichtjahrmädchen Anni beim Holzhacken den Daumen abgeschlagen. Laut schreiend kam sie mit der blutenden Hand ins Haus gelaufen. Und das an einem Freitagnachmittag, wo doch gerade alles geputzt war. Georg ging gleich in den Hof, um zwischen den Holzscheiten nach dem Daumen zu suchen. Er fand ihn neben dem Hühnerstall und wunderte sich, dass er kaum blutete, und noch mehr, dass der Nagel einen schwarzen Rand hatte. Um am nächsten Tag in der Schule den eingebildeten Einheimischen eins auszuwischen, wickelte er den Daumen in ein Stück Zeitungspapier. Gleich nach der Religionsstunde ließ er ihn wie zufällig auf seinem Platz liegen. Und schon liefen Buben und Mädchen kreischend davon. Zunächst hielten sie das seltsame Mitbringsel für eine tote Maus, bis Kreitleins blondes Töchterchen Adelheid den Entsetzten verkündete: Er hat sein Schnibbelchen abgeschnitten! Darüber selbst erschrocken, packte Georg den Daumen wieder ein, lief wie ein Hase über den Schulhof und warf ihn in den Mülleimer des Rektors. Die Stadt, in die Georg mit seiner Mutter und dem Mädchen Anni zurückkehrte, war in der Zwischenzeit von Bomben zerstört worden.

Dieselbe Strecke also und doch eine andere. Über die Schwielowseebrücke bei Werder, durch Potsdam und Babelsberg nach Zoo. Er hatte die Stadt wiedererkannt, in der sie damals umsteigen mussten, die Bahnhöfe, die Schächte, die endlos scheinenden, unterirdischen Gänge, die Rolltreppen. Georg hatte nach Steinstücken gefragt, war fragenden, ungläubigen Gesichtern begegnet, hatte schließlich zum Autobus der Linie achtzehn gefunden, wartete unter einem Glasdach. Über den angeschlagenen Fahrplänen flackerten zwei Neonröhren.

Der Bus tauchte unter die Gleise der Wannseebrücke. Für wenige Augenblicke grellten seine Scheinwerfer auf, blendeten ein entgegenkommendes Fahrzeug, dessen Bremsen im Gewölbe der Brücke auftönten. Da aber war der Bus schon drunter weg, fuhr an den Rand der Straße auf die Haltestelle zu, der Rückspiegel zeigte die Brücke klein und bedeutungslos. Georg stieg zu. Der Bus ruckte wieder an, auf die breiter und einsamer werdende Straße zu, die unter den im Wind schaukelnden Lichtstöcken einem ausgerollten Messband glich. Seitwärts duckten sich hinter kurzen Tannen und Büschen einstöckige Vorstadthäuschen, vereinzelt und in immer weiteren Abständen. Die Straße bog sich in eine Mulde hinab, stieg wieder an, auf eine Brücke zu. Rechts davon ging der See bis an die Bläue des Himmels. Die Straße wurde immer noch breiter unter gleißenden Lichtbissen, verzweigte sich, verlief schließlich in eine schmalere, kopfsteingepflasterte, holprige Dorfstraße, wo der Bus auf die Geschwindigkeit eines Pferdefuhrwerks runtermusste. Einzelne entgegenkommende Autos zeigten an, dass da noch irgendwo Menschen wohnen mussten.

Der Bus hielt vor der Telefonzelle unterhalb der Kirche von Stolpe. Georg wollte aussteigen, denn dies hier würde das Ende sein, musste das Ende sein, denn tiefer würde sich niemand hineinwagen wollen in diese Enge und Ungewissheit. Der Schaffner aber hielt Georg am Ärmel zurück, schrie ihn an, während der Motor erneut aufdröhnte, schrie, dass dies noch lange nicht das Ende sei, dass noch einmal eine Brücke, aber schmaler, und dass dahinter wieder ein See und immer noch Häuser und Lichter und Laternen und Hundegebell, dass von oben ganz dicht und tief Astwerk, man werde es gleich hören, wie es aufs Dach schlägt und sich abschleift und in die zurückbleibende Leere fällt.

Georg war der einzige Fahrgast geblieben. Vom Turm der Kirche irgendwo schlug es DU MEINE ZUVERSICHT, Georg glaubte, der Bus fuhr um den Kastanienbaum, die Mitte von Stolpe, wo vielleicht an Wochentagen Marktfrauen Zitronen anpriesen und den Allmächtigen lobten, der sie wachsen ließ, selbst in Spanien, und dem die niedrigen Häuser mit den armen Gärten, mit den ladenlosen, schläfrigen Fensterscheiben und der sich spiegelnden Mitternacht einerlei waren.

Der Schaffner schlug mit dem Fuß einen Takt in das Trittbrett, berauschte sich an der unter ihm wegfliehenden Straße, kreiselte sich auf dem Absatz um eine Haltestange, sang und schrie und pfiff, bitte festhalten, suchen Sie sich einen festen Halt. Der Schaffner rief Georg etwas zu, was der nicht verstehen konnte. Georg hob die Hände, er zog die Schultern bis an die Ohren, verlor dabei den Halt in dem plötzlich schleudernden Bus und stieß mit dem Kopf hart gegen die Scheibe. Er sah den Schaffner durch die leeren Bänke tasten, selbst Halt suchend, er sah das Gesicht des Schaffners groß und weiß auf sich zukommen, er fühlte einen heftigen Schmerz, der ihn wütend machte. Georg schrie, er hörte sich schreien, er erschrak über seine laute Stimme, er erschrak über die Flüche und Verwünschungen. Der Schaffner fiel über Georg in einer scharfen Kurve, er verklemmte sich mit dem silbernen Gelddings in Georgs wollenem Mantel, riss ihm eine Fünf, hockte dann plötzlich vor ihm auf den Knien, versuchte mit schnellen, kurzen, heftig atmenden, ein wenig lächerlichen Bewegungen die herausfallenden, rollenden Geldstücke aufzuhalten, die davonjagten, durch den Wagen, die Stufe hinunter auf den Perron, wo sie ein wirbelnder Wind einfing und mit in die Wälder nahm, die hier die Straße säumten. Georg versuchte so gut es ging zu helfen, erwischte auch eine ganze Menge, tröstete den schreienden, jaulenden Schaffner, hatte sich auf den Perron gestellt, um die aufspringenden Geldstücke mit dem Fuß in den Wagen zurückzutreten, während der Schaffner am Boden krauchte, im Spagat niedergegangen war, die Arme nach links und rechts greifend und fangend.

Der Bus jagte ungeachtet des Dramas davon. Er zeigte noch einmal links ein Blinken, bog ab, es war das letzte Mal, und blieb dann unter einer blass zuckenden Straßenlaterne stehen. Georg stieg aus. Er sah den schwitzenden, japsenden Schaffner durch den Wagen nach vorn eilen, er sah, wie er auf den Fahrer einredete, unaufhörlich und beschwörend. Der Fahrer aber schien den hektischen und außerordentlichen Bewegungen des Schaffners gegenüber starr und regungslos. Er nahm eine Tasche von dem Haken neben sich, öffnete sie sehr langsam und bedächtig, sah den Schaffner an, sah in die Tasche, schüttelte mit dem Kopf und zeigte auf die Uhr unter dem Steuerrad. Er kramte ein kleines, helles Paket hervor, eine Thermosflasche, entfaltete das Paketchen, schraubte die Flasche auf, begann zu kauen und zu schlürfen. Der Schaffner aber schlug wild auf den Geldkasten. Als Georg sich noch einmal umsah, war der Schaffner ausgestiegen. Er schimpfte laut auf die Ungerechtigkeiten des Daseins, rollte immer noch den Kopf, warf immer noch die Arme um sich, so, als gedenke er fortzufliegen. Dann ging er suchend die Straße zurück, während der Fahrer hinter der von Teedämpfen beschlagenen Scheibe nicht mehr zu erkennen war.

3

Was tut ein Menschlein, das unter einem Tschako denken soll? Es lässt sich einsetzen. Es lässt sich auf ein Lastauto laden. Es lässt sich zu einer Schlägerei und auf den Schießplatz fahren. Es fragt nicht. Es ist nicht zuständig.

Es hat seine Vorschriften. Unsichtbare, geheimnisvolle, feine Fäden heben und bewegen es. Hoch die Beinchen. Vorwärts die Stiefelchen. Festgeschnallt das Gürtelchen. Händchen ans Pistölchen. Kleine Lämpchen, rote, grüne, Summtöne, Klicken, Schalten und Verwalten.

Georg hatte bisher einen einzigen Polizisten gekannt. Wachtmeister Bohnen. Er wohnte zwei Häuser weiter und war am 14. Mai 1945, dem Geburtstag seiner Großmutter, von drei englischen Soldaten und ein paar Zivilisten nackend über die Straße gejagt worden. Vor den Schlammkohlenbergen im Güterbahnhof Geneicken ließen sie ihn Männchen machen und Fratzen schneiden. Zunge raus und Zunge rein, lange Nase, kurze Nase. Seither hatte Frau Bohnen einen gelben Teint. Nie mehr lächelte sie so freundlich wie in den Jahren, als ihr stolzes Tschakomännlein nach Feierabend all die schönen Sprüche an die Mauern malte, auch dann nicht, als Wachtmeister Bohnen als Hauptwachtmeister Bohnen längst wieder die grüne Uniform der nordrhein-westfälischen Polizei trug, allerdings nicht im Ortsteil Geneicken, sondern im benachbarten Neuwerk. AUCH DIE LETZTE KRAFT DER HEIMAT FÜR DIE WAFFEN.

Georg war auf ein Licht zugegangen, das, etwa hundert Meter von der Endhaltestelle entfernt, die Umrisse einer kleinen Hütte erkennen ließ. Die Hütte hatte einen grauen Anstrich. Sie war von Brombeerhecken, von hohen Gräsern und schiefen, von Nässe angefaulten Zaunpfählen umgeben. Ein Briefkasten dicht unter dem einzigen Fenster der Hütte trug die folgende Aufschrift: Anträge zum Betreten der Exklave Steinstücken dürfen nur in der kalten Jahreszeit eingeworfen werden, da während des Sommers hier Vögel nisten. Georg versuchte, einen

Spalt im Vorhang des Fensters zu entdecken, um in das Innere der Hütte zu sehen, als er hinter der Eisenbahnbrücke Schritte hörte. Er drehte sich um und sah einen hünenhaft großen Schatten, der sich auf einen Holzkasten zubewegte, der einem aufrecht stehenden Sarg glich, mit zwei kreisrunden Gucklöchern, eins die Straße hinunter zur Haltestelle, das andere gegen den Wald hin, wo kein Licht mehr war, wo nur Zweige knackten und wo nur geflüstert wurde.

Georg ging auf den Schatten zu. Er erkannte die Konturen eines Menschen, der dort steif und unbeweglich, scheinbar angewachsen, etwas bewachte. Georg blieb stehen. Er pfiff. Er fragte, ob dort jemand sei. Da leuchtete der Mensch mit einer Taschenlampe von unten herauf. Sein Gesicht wuchs aus dem Schatten heraus, der Lichtbogen der Taschenlampe war wie ein verabredetes Signal, ehe er Georg traf. Georg wollte etwas sagen, doch der Mensch kam ihm zuvor, fiel aus dem Kasten, er fiel in zwei knallig aufschlagende Stiefel, darüber flatterte ein weiter Mantel, von eng anliegenden Ledergurten gehalten, um die Taille des Menschen, schräg hoch über die Schulter, den Rücken hinunter ein anderer Gurt, an dem ein Gewehr hing mit einer Tasche für Munition. Über den Lauf des Gewehres erhob sich der Kopf des Menschen bis zu den Augen, darüber fehlte die Stirn, war verdeckt von einem aufragenden Tschako, wie ihn Hauptwachtmeister Bohnen trug, wenn er auf Streife ging.

Die Fragen, die der Mensch an Georg zu stellen hatte, nämlich was er um diese Zeit hier zu suchen habe, ob er sich vielleicht verirrt habe, ob er einen Ausweis bei sich trage, eine Identifikation, ob er gar einen Auftrag habe, ob er ein Agent sei, ein Flüchtling oder ein Spaziergänger. Die Fragen schienen von der Spitze des monströsen, unter dem Schein der Taschenlampe blitzenden Tschakos herunterzurutschen. Sie machten Georg unsicher, denn sie waren unsicher formuliert. Die Hand des Menschen schien Vorbereitungen zu treffen. Georg konnte nicht erkennen, welche Paragrafen unter dem Tschako in Bewegung kamen. Doch ehe Georgs Antworten von den Stiefeln des Polizisten ausgetreten werden konnten und möglicherweise zu einer Festnahme geführt hätten, stellte er seinerseits Fragen, die das Dorf Steinstücken betrafen und den Mann, der dort wohnte und dessen Name Faßbinder war.

Der Polizist aber wollte ihm nichts Bestimmtes sagen, beargwöhnte vielmehr Georgs Absicht, das Dorf Steinstücken aufzusuchen, war aber dann nach andauerndem Fragen zu einer Auskunft bereit, dahingehend, der Polizeimensch holte tief Luft, dass zum Betreten jener unbestreitbar zum freien Teil unseres Vaterlandes gehörenden Ortschaft nicht nur eine einwandfreie politische Gesinnung vonnöten sei, sondern dass auch ein Passierschein ausgestellt werden müsse, ein ganz bestimmter DIN-A5-genormter Passierschein mit höchst wichtigen, unerlässlichen Stempeln und mit einem vom Reviervorsteher gezogenen roten Strich. Diesen Passierschein erhalte man auf einer Behörde, die allerdings um diese finstere Mitternachtsstunde keinem Fremden Eintritt gewähre außer Beamten der Mordkommission, wie es neulich erst vorgekommen sei, als am Ufer des Stölpchensees ein weiblicher Leichnam angeschwemmt wurde, der Zeichen eines gewaltsamen Todes trug. Auch die Feuerwehr habe selbstverständlich ungehinderten Zutritt, nicht nur bei einem akuten Brand, sondern auch zur Überprüfung der Feuerlöschflaschen. Georg aber, oder wie er sich ausdrückte, SOLCHEWIESIE, haben den Schein morgens früh zwischen acht und zehn oder, falls berufstätig, mittwochs zwischen achtzehn und achtzehnuhrdreißig unter Vorlage eines gültigen Personalausweises abzuholen. Sind Sie schwerbeschädigt, blind, lahm, taub oder auch einsundfünfzig …

Die Sätze des Polizisten marschierten in langen Kolonnen auf Georg zu, marschierten über das vorgeschobene Kinn und über die Gurte, streiften den kalten Gewehrlauf, erhitzten die Munition, fielen auf das Straßenpflaster, umgarnten Georg, verwirrten ihn. Er tastete mit den Augen das Gesicht des Polizisten ab, das bewegungslose, schattenhafte Gesicht unter dem Tschako, das unter dem bürokratischen Gewäsch, dem auswendig gelernten Gestammel staubgrau wurde und Georg fassungslos machte. Er sah sich einer Maschine gegenüber, die Bahnsteigkarten ausspuckt oder schöne Aussichten verspricht, auch dann noch, als sich vor ihnen eine Schranke öffnete und der Polizist einen Mann namens Steinert oder Steinbach grüßte, der auf einem Fahrrad in den Wald hineinfuhr.

Die Schranke stand einen Augenblick aufrecht, sie bewegte sich, erzitterte, sie schien sich zu drehen, langsam und suchend, den Himmel, die Umgegend absuchend wie ein ausgefahrenes Kanonenrohr, damals im Ohler Feld. Faßbinder hatte Georg mitgenommen. Sie wollten Kamillenblüten suchen und wurden Zeugen eines Abschusses. Die Männer der Heimatflak sangen das Lied von Engeland und sprangen wie Lämmer um das heiße Rohr ihrer Kanone. Ein kleiner alter Mann, im Zivilleben Uhrmacher, kam mit einem Farbtopf gelaufen und malte einen Ring um das Rohr. Geschütz Jan Wellem vierzehn

Abschüsse. Während das brennende Flugzeug in der siebenten Abteilung des Städtischen Friedhofes explodierte, baumelte einer der Insassen an einem erdbraunen Fallschirm auf die Stadt zu. Es war ein warmer Sommerabend, zwei Tage vor Faßbinders Abtransport.

Die Schranke schloss sich wieder. Menschen waren nicht zu sehen. Auch der Polizist war wieder in die Dunkelheit seines Schilderhäuschens zurückgetreten. Georg kehrte um. Der Bus, mit dem er gekommen war, stand noch an der Endhaltestelle. Seine plötzlich aufleuchtenden Scheinwerfer blendeten Georg. Ehe er rufen konnte, war der Motor brummig angesprungen und ließ das gelbe Gehäuse ruckartig davonfahren. Georg begann zu laufen. Er lief hinter dem Bus her, seine Schritte wurden größer, sein Atem heftig. Der Bus war winzig unter den Bäumen, sein Rücklicht flackerte noch einmal auf im Spiegel an der Kreuzung, wurde ein kleines Pünktchen, das in der Kurve verglühte, die Straße zur Brücke hinauf, weiter und weiter, bis Georg nicht einmal mehr das gleichmäßige Tuckern des Motors hören konnte. Er blieb zurück in einer beklemmenden Stille, in der nur jene Bestürzung wach blieb, die ihn hierher getrieben hatte.

Fahre zu Faßbinder, hatte die Stimme gesagt, und bitte ihn um Vergebung. Ich habe geirrt. Sie haben ihn auf den Lastwagen getrieben wie ein Stück Vieh. Sie haben ihn furchtbar geschlagen. Sie haben ihn in das Konzentrationslager verschleppt. Ich habe nichts dagegen getan. Georg hatte mit dem Rücken zur Tür gestanden. Der Mann, dessen schon totes Gesicht mühsam zu reden begann, war sein Vater. Georg empfand für den Sterbenden eine große Zärtlichkeit, als er Tränen in dessen Augen erblickte, obwohl sein Körper von der langen Krankheit, von Atemnot, von Angst und Kampf völlig ausgedörrt war. Die beiden Schwestern des Vaters waren auf dem Flur des Krankenhauses geblieben. Sie kamen mit dem Pastor in das Zimmer zurück, als der Vater schon gestorben war. Der Pastor gab Georg die Hand und sagte: So ein Tod hat etwas Gutes. Vielleicht lernen Sie nun das Beten wieder. Georg hatte bald darauf das Krankenhaus verlassen. In seiner Tasche waren Brille und Rasierzeug des Vaters. Die weinenden und laut betenden Schwestern hatten ihn einsam gemacht, denn noch nie hatte er seine Tanten weinen oder laut beten gesehen. Seit diesem Tage fühlte sich Georg zu Faßbinder hingezogen. So stand sein Ziel fest, als er die Stadt verließ.

Er ging zur Haltestelle zurück, langsam zurück, auf den schwarzen, verstummten Kasten zu, dem er vielleicht wieder Fragen stellen musste, nach dem nächsten Bus etwa, nach einer Möglichkeit, hier wegzukommen, der Nacht und der Stille zu entfliehen, der Kälte, die nun über ihn kam. Der Polizist stand unter der Brücke und rief ihm zu, dass dies der letzte Bus gewesen sei. Er hatte alles beobachtet, jede Bewegung, das lächerliche Hinter-dem-Bus-Herlaufen, das verrückte Außer-Atem-sein, das peinliche, wehleidige Ach, von dem der Polizist annehmen musste, dass es dem davongefahrenen Bus gegolten habe. Er stand unter der Eisenbahnbrücke, und Georg wollte einen Augenblick lang annehmen, dass der im Gewölbe hallenden Stimme ein schadenfrohes Gelächter folge. Aber alles war nur Täuschung, Unmöglichkeit und Ohnmacht. Georg drehte sich um. Er wechselte auf die andere Straßenseite, um zurückzugehen, der Buslinie nach, der Straße, auf die Brücke zu, nach Stolpe, als sich von der Schranke her lautlos ein Fahrzeug näherte.

Zwei abgeblendete Scheinwerfer, Lichtbündel, kreisende, flimmernde, auf und ab federnd, blitzend. Über der Scheibe ein drittes, blaues, helles, eine Krone, ein Signal, aufflackernd, ein Stern, ein Zeichen. Georg stellte sich quer auf die Straße. Er schwenkte die Arme, rief, zögerte, das Fahrzeug kam schnell näher. Er las eine Schrift auf dem Wagen, auf der Motorhaube, die Schrift lief um den Wagen herum, eine weiße, korrekte Briefbogenschrift, er erkannte ein Emblem. Georg hörte auf zu winken. Er sprang zurück, hinter einen Baum, einen Zaun, versteckte sich hinter einer Mülltonne, einem Sandkasten, lief in eine Haustür, ein Hund schlug an, ein Fenster öffnete sich, eine Frauenstimme rief: Ist da jemand? Der Wagen kam näher, fuhr nicht vorbei, hatte Georg entdeckt, fuhr nicht weiter, nicht hinter dem Bus her, hielt neben Georg, blendete suchend auf, die Tür wurde aufgestoßen, ein Licht ging an, eine Hand wurde sichtbar, winkte Georg heran.

Aus dem Wageninnern sprang eine raue, männliche, eine versoffene, ginversoffene, whiskyertrunkene Stimme, es waren englische Wörter, ganz hinten gesprochen. Georg machte den Rücken krumm, er streifte den Arm, der die Tür offen hielt, er fiel in den Sitz, die Tür klatschte hinter ihm zu, das Licht erlosch, der Wagen schoss nach vorn, der Mann neben Georg lachte auf, er trug eine uniformähnliche Kleidung, Kampfanzug, Tarnfarbe, Khaki. Die Mütze hatte er ins Genick geschoben. Wohin, ganz hinten gesprochen, letusgo, letusfind, ganz hinten gesprochen, junger Mann, pörhäpps eine Zigarette. IT'S A WONDERFUL LIFE, sagte der Mann und lenkte den Wagen von der Straße weg, den kleinen Waldweg hinein. Vor ihnen hüpfende Lichtbahnen, auffliegende Baumstämme, flatternde Schatten über ihnen, der Wagen schlug abwechselnd nach links und rechts, nach vorn und hinten, schwankte, schaukelte, dazwischen das harte, kurze, halsige, versoffene, kauende Lachen, dazwischen englische, amerikanische, undefinierbare, nicht verständliche Kasernenhofwörter, TANK und TAK, TAK oder TANK, Zigarette, ja oder nein, jetzt nicht, vielleicht später, wahrscheinlich nicht. Vor dem Wagen her davonspringende Hasen mit hellgrauen, fast weißen, nun angestrahlten Lampen, Sehenswürdigkeiten einer öden Sandwaldgegend, einer mit nichts zu bezeichnenden Nieselnebelnacht, gegen die zwei surrende, summende, im Kleintakt-Kurztakt tanzende Scheibenwischer angetreten waren, ein mürrischer, stinkender, knallender Motor, einen gerade ausgerichteten, endlos eintönigen Zaun aus Pfählen und Draht entlang, auf dem weiße und regenbraune Porzellanpüppchen klirrten, Schilder davor, Tafeln davor, Schriften, hohe, schwarze, halbrunde, verkniffen eckige, beschwörende, eindringlich in verschiedenen Größen, mit roten, wie Polizisten dabeistehenden Ausrufungszeichen, ein Totenkopf mit zwei gekreuzten Knochen, Schienbein oder Schenkel oder Beckenstück. LIMIT stand da, DANGER stand da, ACHTUNG stand da, WANDERWEG stand da. Georg begann zu schwitzen. Die rasende Schüttelfahrt, das gebellte Lachen des Mannes, die atemstockende Luft hatten ihn mürbe gemacht. Er wollte schreien, er wollte den Mann auffordern zu halten, er wollte sich ihm verständlich machen, ihm auf die Schulter klopfen, mit den Händen Zeichen geben, die Finger kreuzen, zwei Finger, drei Finger, die Finger krümmen und wölben, mit den Fingern Kreise ziehen, die Finger ineinander klemmen, die Finger miteinander verhaken, mit den Händen kleine Nester machen, einen Hund, einen Hasen, einen Pferdefuß. Da aber mündete der Weg in eine Straße. Es gab Lichter. Es gab ein Haus mit einer Leuchtreklame. Der Mann ließ den Wagen stoppen. Der Mann sagte in einem normalen, akzentfreien Deutsch: Dort ist ein Hotel, junger Mann. Georg sah den Wagen davonfahren, ehe er begriffen hatte. U.S. ARMY stand auf dem Heck. Darüber ein fünfzackiger, kopfgroßer, weißer Stern.

Das Hotel lag hinter Hecken und Mäuerchen, von Büschen und Bäumen umgeben. Georg musste Stufen hinuntergehen, einen Steinplattenweg entlang, an Schildchen vorbei, Betreten des Rasens, Fahrräder abstellen, Kinderspiele, Hupen, alles verboten. Der Eingang des Hauses war verschlossen. Kein Fenster war erleuchtet. Mächtiges Rauschen der Baumwipfel machte das Haus kalt und leblos. Sollte dieses Haus bewohnt sein? Sollte es bewirtschaftet sein? Sollten dort Gäste wohnen? Schlafende, zechende, Karten spielende, ausgelassene, betrunkene, Nazilieder grölende, gen Osten marschierende Gäste? Stammtischvereine, Ruderklubs und Fallschirmjäger? Gesittete Bürger mit Wauwauchen und Wehwehchen, Hundehalter, Angler? Spießer, die noch einmal antreten möchten? Anwälte mit aufgeputzten Gänschen, beklommen schweigende, teetrinkende Liebespaare? Oder sollte dieses Haus Geheimnisse bergen? Namen, die keine sind? Putzfrauen, die nicht mehr Olga heißen, sondern LADY SUNSHINE, Pförtner mit falschem Bart und Perücke, samttatziges Umhereilen auf Fluren, geflüsterte, gezwinkerte Parolen? Eine Mausefalle, aus der es kein Entrinnen gab? Ein Bauernfänger-Eden mit kalten Bratenplatten, Hundertmarkscheinen und trotzigen Smilings? Georg wähnte unter den düsteren Ziegeln, den angeklebten Türmchen des oberen Stockwerkes Unheil und Gefahr. Er hob den vergoldeten Türgriff unter dem Löwenkopf an, er lauschte dem verschrillenden Schrei der Klingel, die ins Haus tönte, als sei sein Inneres eine hohle Nuss. Über der Tür wurde ein Fenster hell. Jemand schob eine Gardine beiseite und gab mit der Hand ein Zeichen, vielleicht ein abweisendes, vielleicht ein zustimmendes. Das Fenster blieb hell. Über die Treppe im Innern des Hauses kamen Schritte, schluffende, müde, alte Schritte, tapsend, von lautem Atmen, Brummen und Schimpfen begleitet. Ein Schalter klackte, Georg stand im Licht, stand unter einer weißen, ausgeleuchteten Kugellampe. Schaben und Scharren hinter der Tür, ein rundes Fensterchen öffnete sich, ein Schatten wurde sichtbar, ein mähniger Kopf, ein dickes, faltiges Gesicht mit kleinen und trägen Augen. Georg hörte, wie der Mann einen Schlüsselbund schwenkte, wie er einen bestimmten Schlüssel suchte, er hörte wieder das Keuchen und Stöhnen, er hörte Husten und Rülpsen, er hörte, wie der Mann einen Fluch ausstieß und mit dem Fuß gegen die Tür trat. Endlich öffnete sich die Tür einen Spalt breit, unter dem Kopf des Mannes war ein mächtiger Bauch in einen blaugrauen, ziemlich kurzen Bademantel gehüllt, aus dem kleine, dicke, nackte Beinchen hervorsahen, die der Jenaer-Glas-Kaffeemaschine von Tante Selma in Mörs ähnelten.

Der Mann fing sogleich an zu lamentieren, keine Zimmer, kein Personal, niemand, der die Betttücher waschen will, der bügeln will, der heizen will, der Kohlen tragen will, niemand, der den Fraß kocht, die Bierfässer in den Keller rollt, niemand, der dienen will, der sich einordnet, unterordnet, niemand, der gehorcht. Im Takt und Schritt führte der Mann Georg durch den Flur in den Schankraum, in dem Boxer und Pferde, Pudelrassen und

Filmschauspieler und Rennfahrer an den Wänden hingen, in Pose und Aktion. Georg folgte schweigend dem schnaufenden Mann. Sie gingen die Treppe hinauf, an Wiesen vorbei, an Wäldern, an Brücken und Schlössern, an tiefblauen Seen und Alpen und Gletschern und Hirten. Im oberen Stock erwartete sie ein bunt bemalter Buddha mit rot glitzernden Glasaugen, auf einem Schränkchen sitzend, in dem ein Aquarium eingebaut war. Der Mann trommelte mit den Fingern an die Scheibe, hielt kurze Andacht vor glotzenden Schleierschwänzen und Goldfischen.

Durch das Fenster seines Zimmers sah Georg auf den See. Eine dunkle, rauschende, schäumende Scheibe, die sich zu heben und zu senken schien. Er schloss das Fenster, als er jenseits der Straße Gewehrschüsse hörte.

4

Name, Vorname, Geburtstag, Geburtsort, Kreis, Land, Beruf, Stand, ledig, verheiratet, geschieden, verliebt, verlobt, Religion, römisch-katholisch, evangelisch, lutherisch, uniert-reformiert, gottgläubig. Name der Eltern, Tag der Eheschließung der Eltern, rechtzeitig geboren, frühzeitig geboren, vorzeitig geboren. Beruf des Vaters, der Mutter, Flüchtlingsausweis, von wo wohin, warum, wieso, ja, nein, ja-nein, Staatsangehörigkeit, vielleicht mehrere, vielleicht keine, Nichtzutreffendes streichen, Zutreffendes unterstreichen, Nummer des Personalausweises, Tag der Ausstellung, ausstellende Behörde, letzter Wohnsitz am Tag des vorletzten Weihnachtsfestes, wo waren Sie am Tag der Heiligen Cäcilie, sind Sie sauber, sind Sie frei von Ungeziefer, sind Sie geimpft, gegen

Pocken, Scharlach, gegen Diphtherie, gegen Keuchhusten, gegen den Kommunismus, waren Sie schon einmal in den Tropen, in Südamerika vielleicht oder in Ostberlin, wie heißt Ihr Wellensittich?

Georg hatte nichts zu verbergen. Er nahm den Kopf in die Schultern, lauerte auf einen Hinterhalt, ließ seiner Vergangenheit freien Lauf, gab Antwort, blieb nichts schuldig. Was wollen Sie hier, was wollen Sie dort, werden Sie bezahlt? Der Polizist schrieb misstrauisch alles auf ein Formular, schnalzte mit der Zunge, wenn Georg unterbrach, um zu atmen. Wann haben Sie zum letzten Mal beigeschlafen?, fragte der Polizist. Auch da versuchte Georg, sich zu erinnern, wollte etwas dazu sagen, der Polizist aber winkte ab, sagte: Kleiner Scherz, junger Mann, nehm Se maln Moment Platz.

Georg hockte sich auf die blank gesessene Holzbank unter dem Fenster. An der Wand hingen Plakate mit Fotografien von Mördern und Opfern, kennen Sie den, kennen Sie jenen, er trug einen dunkelblauen Anzug, einen weinroten Pullover, hat vorstehende, lückenhafte, gelbe Zähne, karierte Socken, ein verbogenes, abgebrochenes, aus dem Kaufhaus Woolworth gestohlenes Küchenmesser, entkam bei Frankenthal in der Pfalz, dreitausend Mark Belohnung, zweckdienliche Angaben auf Wunsch vertraulich.

Der Polizist saß vor einer Schreibmaschine. Er hatte das Formular eingespannt, suchte und tippte mühselig beladen Buchstabe um Buchstabe, wurde mehrmals, oft unterbrochen von grellen Protestrufen eines hochgabeligen, dienstalten Telefons, das auf der Fensterbank zwischen gelben und grauen und braunen, kugeligen, blattgroßen Kakteen stand, jetzt geht es nicht, später, danke, hier Wachtmeister Stunk, jetzt geht es auf keinen Fall.

Georg las die an der Tür befestigten, aufgeklebten, angezweckten Schriften, las Rauchen verboten, Auf den Boden spucken verboten, Kein Eintritt für Hunde, Fahrräder und Kinder, Zigarrenstummel können vorn ausgedrückt werden, ein Pfeil zeigte Richtung vorn, darüber das Foto des Bürgermeisters, der lächelte und blinzelte, lächelte sein berühmtes natürliches Lächeln in die Polizeistube, hatte eine hohe, runde, gute, denkende Stirn, hatte blinzelnde, blitzende, saubere, klare Augen, hatte einen sehr kleinen, bescheidenen Mund, zu klein für große, bedeutende, goldene Worte. NEHMEN IST SELIGER DENN GEBEN.

Ein zweiter Polizist kam herein, ging wieder hinaus, Wachtmeister Stunk tippte und schnäuzte sich. Eine Frau kam herein, ich hätte mal eine Frage, wenn mein Mann zu mir sagt, ich bin eine ulkige Laus, is das nu eine Beleidigung oder nich. Zimmer achtzehn, Gnädigste, sagte Wachtmeister Stunk, tippte und schnäuzte sich, ixte durch, schrieb neu, riss das Formular raus, spannte neu ein.

Georg begann zu denken, IT'S A WONDERFUL LIFE, dachte er, wurde erwischt, der Polizist stand hoch und breitbeinig über ihm, zog Georg aus seinem Sitz, stellte ihn neben sich, sagte: So! Lief zur Schreibmaschine zurück, entrollte ihr das weiße, beschriebene Formular, blickte zu Georg, der starr vor dem Fenster stand, sich nicht umsah, sich nicht bewegte, wartete, den rechten Fuß ein wenig vorstellte, ihn wieder zurückstellte, als draußen vor der Wache, unter dem Fenster, eine männliche Stimme schrie, schrie, ich bin unschuldig, schrie, ich bin unschuldig, und eine ruhige, monotone, tiefe Stimme erwiderte: Das wird sich schon herausstellen. Wachtmeister Stunk aber ließ sich nicht stören, hielt nicht inne, blickte zu Georg, hob das weiße, beschriebene Formular triumphierend gegen das Licht, entnahm seiner Hosentasche einen winzigen, runden Stempel, blickte zu Georg, hob auch den Stempel gegen das Licht, blickte zu Georg, wuchtete sich den Polizisten samt Uniform und Stiefel und Knüppel in den Stempel hinein, blickte zu Georg, sagte: So! Dann reichte er den Schein über den Tisch, Georg beugte sich vor, um den Schein in Empfang zu nehmen, der Polizist aber zog den Schein wieder zurück, sagte: Noch nicht. Er ging auf den Schrank neben dem gegenüberliegenden Fenster zu, berührte mit einem Finger den aufgesteckten Schlüssel, die Schrankjalousie sprang hoch, befreite eine Menge Papier und Gerümpel von Staub und Mief. Der Polizist blies und hustete, entnahm dem obersten Schrankfach einen Federhalter, ein Glas mit Tinte, tauchte den Federhalter ein, schrieb, das Kreuz lang gestreckt, die Füße überkreuzt gestellt, schrieb ein aufstrebendes, krakeliges, zittriges Geschnörkel neben den Stempel, schrieb es in den Stempel hinein, hauchte angestrengt darüber hinweg, sagte noch einmal irgendein Geraunz, zog mit dem Lineal einen vier Zentimeter langen roten Strich, sah Georg auffällig lange, fast feierlich an, hatte rosarote Bäckchen, kleine, graue Augen, unter der Nase den Anflug eines blonden Bärtchens, sagte: Das Wichtigste hätten wir beinahe vergessen.

Georg entriss dem Polizisten den Schein, bedankte sich kaum und verließ eilig das Zimmer, das dem Polizisten so viel Halt gab, ihn mächtig machte und seine Unsicherheit verbarg. Während Georg zwei und drei Stufen nahm, verfolgt von Stunks Förmlichkeiten, während er sich den Polizisten ohne Uniform vorstellte, etwa in einem roten oder himmelblauen Bademantel, in langen Unterhosen, in einem ganzteiligen Schwimmanzug oder im Frack, während er über den Sinn von Uniformen im Allgemeinen und im Besonderen nachzugrübeln begann und dabei den furchtbaren Gedanken hatte, dass Uniformen im Allgemeinen und im Besonderen weder sinnvoll noch vernünftig sind, sondern dass sie allenfalls einem Zweck dienen, möglicherweise einem zweifachen, nämlich einen Teil der Menschheit zu Schafen zu machen und den anderen einzuschüchtern, während ihm dies und anderes durch den Kopf ging, während er zwei und drei Stufen nahm, um so schnell wie möglich frische Luft zu atmen, hörte er Stunk ein Gelächter anstimmen, ein ungleichmäßiges, hingezogenes, schepperndes Altweibergelächter, das im Treppenhaus hinter Georg herschallte und das allmählich überging in prustende, hüpfende, halbverschluckte, ganzverschluckte Sätze, dass doch alles nur ein Spaß gewesen sei, ein ganz gewöhnlicher, männlicher Polizeispaß, und Spaß muss nun einmal sein.

Georg fuhr wieder mit dem Bus, mit dem Bus Nummer achtzehn, er fuhr dieselbe breite, gerade Straße hinunter nach Stolpe, nun aber in der regenverhangenen, diesigen Gräue eines Novembervormittags. Über Stolpe, auf einer Anhöhe, über den Mäuerchen, den Knallerbsenbüschen, die Kirche mit dem Gebimmel, dem Glockenspiel, den Liedchen, EINE FESTE BURG IST UNSER, die Frauen im Bus umklammerten ihre prallvollen Einkaufstaschen, Netze und Tüten, hinter Stolpe verklang das Kirchenklingklanggloria EIN GUTE WEHR UND WAHAHAFFEN. Hinter der Brücke ging jene lange Straße nach Kohlhasenbrück, die durch den Wald führte, der gelb war und nach Nebel und Nässe roch.

Georg hielt den Passierschein in beiden Händen, sah, ohne es zu wollen, nach dem roten Strich, nicht vom Reviervorsteher gezogen, dafür von Stunk. Würde er dank dieses Papieres, dank dieses von Stunk gezogenen roten Striches Steinstücken betreten können, würde er die aufgerichtete, schwarze, bewachte Wand durchbrechen, hinter der ein Dorf festgehalten wird, in Gefangenschaft liegt, festgehalten, gefangen gehalten von fantasielosen Bürokraten, von Militärs und Polizei? Würde er Faßbinder wiedersehen, Faßbinder, den es dorthin verschlagen hatte wie andere aus der Stadt nach Ludwigshafen oder Flensburg, aber zu dem man nicht gehen konnte wie zu irgendeinem in Ludwigshafen oder Flensburg. Faßbinder würde Georg nicht wiedererkennen. Georg war für ihn das Kind seines Nachbarn, und für Georg war Faßbinder der nette alte Herr von nebenan, der ihn an Samstagen mit auf Kräutersuche nahm, nach Rödgen hinaus oder in den Merbecker Busch. Bis sie eines Tages nicht mehr von Faßbinder sprachen. Erst der Tod des Vaters brachte Georg auf die Spur.

Georg ging auf die Hütte zu, die ebenso leblos vor der schmutzig roten Backsteinbrücke lag wie in der Nacht. Hinter der Brücke der aufrecht stehende Kasten mit den Gucklöchern, klein und wie zusammengeschrumpft unter dem Licht des Tages. Kein Schatten. Der Polizist schritt die Straße entlang, gleichmäßig, eintönig, ohne auf Georg zu achten, ging seinen Schritt, eins und zwei und drei, ging auf, ging ab, sah hinüber, nach drüben, über die Linie, über den Schlagbaum, gleichgültig und gelangweilt.

Georg ließ die Hütte, die Brücke, den Kasten, den Polizisten hinter sich, ging in den Weg, der nach Steinstücken führte, ging unter der Schranke weg, die offen war und in den Himmel zeigte, bittend, mahnend, flehend.

Er ging in eine Gasse. Auf beiden Seiten türmten sich Mülltonnen mit ausgerichteten Löffelschnäbeln, streckten Georg die Zunge raus, engten die Gasse ein, vom Wind zusammengeschoben. Ihre Deckel schlossen nicht, Unrat sah hervor, aufgeweichte Pappkartons, die Beinchen einer Puppe, Eierschalen, zerrissene Nylonstrümpfe. Auf dem Boden lagen Asche und leere gelbrosa Dr.-Oetkers-Backpulvertütchen. Hinter den Mülltonnen ein überdachter Fahrradständer.

Der Weg stieg nun ein wenig an, der Weg krümmte sich, eine große Tafel mit dem Wort DANGER, eine andere Tafel mit Kreuzen und Gräbern und schwarzem Mann DREH DICH UM und darunter, vom Wetter verwaschen, DER TOD STEHT HINTER DIR. Georg drehte sich um, er sah nicht den Tod, er sah die Mülltonnen, er sah die Wegkrümmung, den Fahrradständer, er sah die Schranke, die in den Himmel stach, er sah die Straße, die Brücke, den Kasten, er sah, wie der Bus wendete, den auf- und abschreitenden Polizisten, der jetzt stehen blieb und das Fernglas ansetzte. Da endete der Weg vor einer zweiten, geschlossenen Schranke.

Hinter der Schranke standen jene. Jene trugen wie diese lange, schwere Mäntel, trugen Stiefel und Gürtel, ihre Schirmmützen hingen bis auf die Nase, darunter hatten sie Ferngläser wie jener eingeklemmt, sahen einander in die Linsen, Zeiss von hier und Zeiss von drüben, sahen nichts, sahen Georg nicht kommen. Georg ging mit dem Schein in der Hand auf jene, es waren zwei, zu, er ging näher, ging näher, soweit es ging, doch die beiden sahen nur immer durchs Glas nach vorn, über Georg hinweg, hielten Zwiesprache mit Schranke, Weg und Krümmung, folgten den Schritten, den Bewegungen des Polizisten auf der Straße, folgten den ankommenden, abfahrenden Bussen, beobachteten Männer, Frauen und Kinder, sahen in Taschen hinein, in Körbe, gingen in Läden und Badezimmer, setzten ab, wenn hinter dunklen Vorhängen das Licht erlosch.

Der Hund kam klein und dick in das Glas gelaufen, er lief um die Mülltonnen herum, blieb einen Beinheber lang stehen, lief dann schnell den Weg hinauf, hinter Georg her.

Der stand vor der Schranke, Weiß und Rot vorm Bauch, war nicht in den Gläsern, stand noch eine Zeit lang wartend davor, vor der Schranke, vor der Fahne mit dem EMBLEM, dem Tuch, zwischen zwei Bäumen gespannt, WIR STEHEN FEST AUF DEM BODEN DES ERSTEN DEUTSCHEN der Hund strich um Georgs Hosenbeine, ARBEITER kläffte, zeigte Zähne, UND BAUERN-STA den Personalausweis bitte.

Der eine hatte das Glas heruntergenommen, hatte es vor den Bauch baumeln lassen, war kleiner als Waffe und Glas, hing an Waffe, hing an Glas, der Lauf des Gewehrs zielte in die Erde. Der eine nahm den Personalausweis, misstraute, verglich, verglich Foto mit Georg, Georg mit Foto, verglich Haarfarbe, Größe und Augen, beäugte Stempel und Schrift, nahm auch den Schein, prüfte beides, prüfte alles. Georg stand wortlos dabei, der andere kam hinzu, sah durch Georg hindurch, dem einen über die Schulter, nahm Personalausweis und Schein, misstraute, verglich, prüfte noch einmal, der Hund lief unter der Schranke durch, lief über das Stück geharkte Erde dahinter, dann vom Weg ab in das Laub. Der andere gab Ausweis und Schein an Georg zurück, wollte ihn mahnen, warnen, aufmerksam machen, schwieg. Der eine schob die Schranke auf, beide nickten Georg zu, der eine pfiff, der andere hob wieder das Glas, schaute hinüber, während Georg passierte, jenseits war, auf dem Weg nach Steinstücken, während die Schranke hinter ihm zuschlug.

Der Weg ließ sich an mit flachem Gebüsch, darin staken Telefonmasten und Kiefern und Birken, vereinzelt und in den herabhängenden Wolken und Nebeln verschwimmend. Aus der Mulde hinter den Bäumen und Sträuchern kam das Zischen einer Lokomotive, ein weißer Dampf plusterte sich herauf, zog die ratternde Wagenkette hinter sich her, die sich aus der Mulde buckelte, aus dem Dampf heraus, wieder wegtauchte, in das Geäst und dann weiter hinein bis in die Stadt.

Das Schießen hinter Georgs Rücken verhakte sich in den Baumstämmen. Kurz hämmerten die Schüsse auf, echoten, zogen über die dorrenden, braunen Gräser, sackten in die auftreibenden Erdhügel. Aus dem Laub brach ein hoher, schriller Schrei, ein Getier flatterte aus dem Schlaf, der Schrei verflachte schnell, dehnte sich zu Georg hin, verendete, verebbte, die nachziehende, plötzliche Stille brach ab, das Getrappel kam in Georgs Spur.

Sie atmeten beide heftig, hatten die Läufe noch in den Händen, bogen ab vom Weg zu der Stelle hin, noch einmal hörte Georg zwei Schüsse, es war ohnehin schon zu Ende. Sie kamen aus dem Wald zurück, zogen das Bündel hinter sich her, winkten Georg zu sich, die beiden hatten große, aufgerissene, erschrockene, entsetzte Augen, schwitzten, atmeten heftig, versuchten, unter Georgs Betroffenheit wegzukommen.

Das war Faßbinders Hund, sagte der eine, der andere befürchtete Ärger, es fehlten acht Patronen aus dem Magazin. Sie ließen den Hund am Wegrand liegen, was lässt der den Hund auch frei herumlaufen, weiß doch selber, dass das verboten ist, mussten schießen, mussten sofort schießen, scharf schießen, gezielt schießen, das ist der Befehl, das ist die Vorschrift, weiß Faßbinder, wissen alle, sagten abwechselnd beide, brachten das Gewehr wieder über die Schulter, liefen zur Schranke zurück, ließen Georg allein mit dem leblosen, grauweiß gefleckten Bündel, allein mit dem starren Hundeleichnam, dessen Beine angezogen waren, die Schnauze nach unten geknickt. Georg stapfte durch aufgeweichten, morastigen Boden den Hang hinunter, suchte zwischen Gerümpel und Steinen, fand ein Stück Tuch, einen weggeworfenen Mantel, fand einen leeren Zementsack, ging zurück, wickelte den Hund in Mantel und Sack, trug ihn nach Steinstücken. Der Hund wuchs auf seinen Armen, der Schrei verfolgte ihn, das harte, kalte Geschoss zerrann nur schwer in der aufleuchtenden Lichtkette, die den Zug durch den immer dichter werdenden Nebel führte. Der Wald verlor sich, der Weg zerging unter Georgs Schritten. Hinter ihnen kamen Wind und Regen, kam die Stadt mit den Stimmen ihrer Priester. Möge euch allen ein milder Tod beschieden sein. Mögen eure Tode niemandes Herzen erzürnen. Georg hörte die Stimme seines Vaters. Er sah Faßbinder mit ihm durch das Bruch gehen. Er sah sie alle betroffen schweigen, wenn er seinen Namen nannte. Nun trug er ihm den Hund hin.

5

Das Dorf Steinstücken beginnt hinter der Brücke, die man die rote nennt. Hier endet auch der Verbindungsweg. Aus kleinen Vorgartenbäumchen, aus Ziertannen und Taxushecken, aus Ginsterbüschen und Obstbäumen ragen die Schroffen rotgrauer Ziegeldächer. Es sind meistens einstöckige Villen in parkähnlichen Gärten und Katen, kellerlose Häuschen, in denen einst Landarbeiter wohnten. Einen Kirchturm findet man nicht. So ist Steinstücken eher ein Vorort als ein Dorf. Tatsächlich liest man auf älteren Visitenkarten die Bezeichnung Neubabelsberg und nicht Steinstücken. Erst seine Abgeschiedenheit hat ihm zu einer Selbständigkeit verholfen, die beispiellos ist.

Georg fand zunächst nichts Auffälliges, als er sich den kleinen Häuschen näherte. Wäre nicht plötzlich die leicht zu übersehende Tafel AMERIKANISCHER SEKTOR an einen Baumstamm genagelt gewesen, er hätte sich in eines der vielen ländlichen, beinahe idyllischen Örtchen und Honschaften bei Dülken oder Waldniel versetzt fühlen können. Dass der geliebte SCHLUFF mit seinen kleinen, rappelnden Perronwagen, mit Schnaufen und Stöhnen auf dem Weg nach Süchteln oder Viersen sei, über St. Tönis und Vorst, an Klein und Groß Lind vorbei, diese Vorstellung schien ihm nahe. Doch hatten die Ereignisse der Idylle lange schon allen Zauber genommen.

Von der Brücke an war die Straße gepflastert, hinter der Tafel und von da an weiter durch die S-Kurve bis zu der Kiefernreihe der Querstraße asphaltiert. Auch hier brannten die Laternen. Der Nebel fiel von den nassen, schwarzen Ästen der Kastanien. Ihre ovalen, braunen und gelben, grätigen Blätter waren an den Rand der Straße geweht. Die Straße wirkte ihrer Ruhe und Verlassenheit, des diesigen Nebelmittags wegen unheimlich. Jedes Leben schien erloschen. Die ersten Geräusche, die Georg vernahm, waren ein in der Ferne anspringender Lastwagen und das gleichmäßige Tak eines Menschen, der irgendwo in den Höfen Holz spaltete. Georg blieb unwillkürlich stehen. Er legte den Hund auf die Straße, er streckte die Arme, er nahm den Hund wieder auf und ging weiter.

Faßbinders Haus erreichte man über einen schmalen Grasweg. Das Haus lag mehr auf den Wald zu, am Ende eines ziemlich großen, eingezäunten Grundstücks. Statt der Bäume und dichten, undurchdringlichen, verwilderten Hecken waren in Faßbinders Garten grüne und braune und rötliche Strünke gewachsen, verkrüppelte, runde, von Nässe glitzernd. Das Haus selbst war von einem Bretterzaun umgeben. Es lag wie in einem Verschlag.

Georg ging auf ein kaum mannshohes, nach Moder und Schimmel riechendes Holztörchen zu, an dem ein handbreites Messingschild mit dem Namen Faßbinders hing. Das Schild war nur von einer Schraube gehalten und stand auf dem Kopf. Darüber in doppelter Größe die WARNUNG VOR DEM HUNDE. Georg duckte sich unter das aufgestoßene Törchen, er betrat den kleinen, halbrunden Hof, er legte den Hund auf den Boden. Die Fensterläden waren verschlossen, die Tür zum Haus stand halb offen. Über das Dach kroch ein weißer, dicker Rauch.

Im Hof standen eine Pumpe mit verziertem Handschwengel, ein aufgeschichteter, von einem Dach geschützter Holzstapel, angelehntes Gartengerät, eine Schubkarre, wie man sie auf Baustellen sieht. An der Querseite des Hauses führte eine Treppe zu einem Speicher. Efeu und wilder Wein hatten sich um Fenster und Tür, um Stufen, First und Regenrinne gerankt. Faßbinder kam durch ein zweites Törchen, dem, das Georg durchschritten hatte, genau gegenüberliegend. Für einen Augenblick standen sich die beiden Männer starr gegenüber. Faßbinder trug eine schmutziggrüne Kordhose mit weiten Beinen, ein buntes, offen stehendes Hemd, darunter einen schwarzen Pullover, auf dem Kopf eine Baskenmütze, unter der langes, graues Haar strähnte. Er zeigte fragend auf das Bündel. Georg ging Faßbinder einen Schritt entgegen, sagte: Sie haben ihn erschossen. Blieb stehen, setzte die Füße überkreuzt, blieb regungslos stehen, Faßbinder ging auf das Haus zu, die offen stehende Tür, wartete in der Tür, drehte sich um, sah Georg an, dann auf das Bündel, Georg wurde unsicher, nahm die Hände auf den Rücken, verkrallte die Finger, wartete auf Faßbinder, wartete, dass Faßbinder etwas sagen würde, etwas tun würde, Faßbinder aber wurde immer kleiner und unscheinbarer, alt und grau wie ein Hutzelmännchen vor seiner Erdhöhle.

Vorn auf dem Weg, sagte Georg jetzt, man hätte das Schießen hier hören müssen. Da wuchs Faßbinder aus der Tür heraus, er schritt schnell aus, an Georg vorbei, um Georg, den Holzstapel, die Pumpe herum, er ging auf das Bündel zu, stieß es mit dem Fuß leicht an, Georg erschrak. Faßbinder kniete neben dem Hund, er hatte das Tuch und das Papier weggezogen, das durchnässt und verschwitzt war, Flecken hatte, dunkle, kreisrunde Flecken. Faßbinder ging in das Haus zurück, holte ein anderes, dickes, grünes Tuch, legte es in die Schubkarre, legte den Hund darauf, faltete das Tuch über den Leichnam, schob das Wägelchen durch das Gartentor hinaus. Vom Dach des Hauses begann es zu tropfen, unerträgliches, unaufhörliches Krächzen eines Vogels, wieder das Anspringen eines Motors, immer noch das harte Tak der Axt. Faßbinder schüttelte den Kopf, als er zurückkam, Georg begann sich zu erinnern, erkannte Faßbinder, seine Bewegungen, die Art, wie er die Hände hob, wie er zu sprechen begann, nämlich die Lippen bewegte, ohne dass er schon sprach. Komm rein, sagte er.

Sie gingen in das Haus, dessen Flur dunkel wie ein Kirchengang war. Georg tastete hinter Faßbinder her, suchte ewiges Licht und Weihwasserkesselchen, fand Garderobenhaken und Spiegel, Matten und Vorhänge, eine Treppe mit ausgetretenen welligen Stufen, ohne Geländer. Ein Schrank mit Glastüren, hinter denen Kesselchen und Schälchen, Schüsseln und Kerzenständer in großer Fülle aufgestellt waren, trennte den Flur ab, dahinter ein Zimmerchen mit Pflanzen und Gewächsen, Blumentöpfe standen herum, Eimer. Faßbinder schob einen Vorhang beiseite, sie betraten einen quadratischen Raum, von einem mit Ranken und Gesträuch umwachsenen Fenster eher verdunkelt. Vor dem Fenster lagen auf einem Brett kleine und große, schwarze und helle Steine und Muscheln. In der Mitte des Zimmers, unter einer weißen Glaskugellampe, ein runder Tisch, davor ein paar Stühle, ein alter, abgenutzter, tiefer Polstersessel mit hoher Rückenlehne, ein Regal mit verstaubten Büchern, gebündelten Briefen und Schreibkram hing an der Wand, in der Ecke ein Bett, vielmehr ein Haufen Matratzen, ein Knäuel von bräunlichen Laken und Decken. Gegenüber dem Fenster ein türloser Durchgang, dahinter die Küche. Eine Uhr, weiß und hoch, schwang ein goldenes, herzförmiges Pendel an einer Perlenkette, das Zifferblatt leuchtete mit grünen römischen Zahlen, der große, gemusterte Zeiger stieg über die Stunden schnell auf den Gipfel zu, das Gehäuse begann, unter dem Stundenschlag zu erzittern. Alles aber wurde beherrscht von einem riesenhaften, vom Boden bis zur Decke reichenden, bläulich-violetten Kachelofen, von einer Schnur umspannt, auf der Socken zum Trocknen hingen.

Faßbinder war in die Küche gegangen. Er hatte Georg aufgefordert, Platz zu nehmen. Georg hörte Faßbinder hantieren, er hörte das Rauschen eines Wasserhahns, Klappern von Geschirr und Besteck, das Pfeifen des Wasserkessels, er folgte den Dampfschwaden, die durch die Türöffnung ins Zimmer wehten. Nach einer Weile kam Faßbinder mit einem Tablett aus der Küche, brachte mit Blümchen und Ornamenten betupfte Tellerchen und Tassen, brachte Zuckerdose und Silberlöffelchen, stellte alles auf den Tisch, ging noch einmal zurück, um die großschnutige, in Wärmer und Tropfenfänger gekleidete Kaffeekanne zu holen. Er schob sich, schob Georg Tasse, Teller, Löffel zu, schüttete den Kaffee erst in Georgs, dann in seine Tasse, dabei schlug seine Hand heftig aus, der Deckel der Kanne purzelte auf den Fußboden, zerbrach glücklicherweise nicht. Faßbinders Rücken beugte sich vor, er versuchte, mit der einen Hand den Deckel zu fassen, die andere schleuderte die offene, dampfende Kanne, der Kaffee schwappte über, bildete kleine, heiße Quellen auf Boden und Tisch, Faßbinder erreichte den davonrollenden Deckel nicht, atmete laut, begann zu stöhnen, während Georg starr sitzen blieb, sich nicht rührte. Waren es Zeichen von Verlegenheit, Unbehagen darüber, dass sie noch kaum ein Wort miteinander gesprochen hatten, keine Frage oder Erklärung, nur der tote, erschossene Hund mit ihnen. Faßbinder versuchte es nun mit dem Fuß, schob den Deckel aber nur wieder an, der nun endgültig davonrollte, quer durch den Raum, verschwand in der Küche, torkelte sich aus, drehend und klappernd, höhnisch. Faßbinder tappte auf den Händen, kroch auf allen Vieren hinterher, indes Georg die Tasse nahm, ein zuckender, warmer Vogelkörper in einer Höhle, die schwarze, heiße Flüssigkeit in sich hineinschlürfte. Über den Rand der Tasse sah er Faßbinder aus der Küche zurückkommen, klein und müde, mit verschwitzten, roten Händen, mit kurzen Atemstößen, blass. Es war der alte, nette Herr von nebenan. Er hielt den Deckel in der Hand, warf ihn triumphierend in die Luft, fing ihn wieder auf, setzte ihn mit einer leicht tänzelnden Bewegung der Kanne auf und lächelte Georg zu.

Aber wollten sie weiter schweigend einander zulächeln, ohne dass Georg wusste, ob Faßbinder ihn erkannt hatte? Sollte er in ihm den freundlichen, mitleidigen, zufälligen Gast sehen, der sich seines toten Hundes erbarmt hatte? Faßbinder wusste es längst. Er wusste es seit dem Vormittag, als die Steinsche aus dem Laden gelaufen kam, um ihn ans Telefon zu rufen. Sie kam in ihrer altertümlichen Truschelkleidung, in dicken Wollstrümpfen, der schmutzigen Schürze und den tappenden Pantinen. Wachtmeister Stunks eilige Stimme meldete sich, kennen Sie einen namens, geboren in, Eltern, Haarfarbe, Größe, Staatsangehörigkeit deutsch. Faßbinder hatte nur mit einem fast gleichgültig klingenden SELBSTVERSTÄNDLICH geantwortet. Kein Zeichen der Erregung, der Überraschung, der Freude oder Ratlosigkeit. Über Stunk kursierten Gerüchte. Man redete von Vertrauensmännern im Ort, von Verbindungen, von Meldungen an den Verfassungsschutz. Man fragte zu oft. Man kümmerte sich zu auffällig um die gegenseitigen Belange. Man erkundigte sich. Man hörte und horchte. Von all dem sollte Georg nichts erfahren, vorläufig nicht. Er sollte das Kind seines Nachbarn bleiben, in das er einmal verliebt war. Als sie ihn holten, als der Würgeengel kam, der falsche Mond, als der Rauch über die Dächerberge kroch, als er mit dem Wind durch die Ebene ging, zerbrach auch dies. Er sah nur noch schattenhaft aussehende Barackenreihen den Hang hinunterfliehen, er sah sich mit den anderen vielen in unendlich langen Kolonnen durch das Tor marschieren, durch das Tor JEDEM DAS SEINE. Nie wieder hatte er die Stadt betreten. Ihre Sprache war ihm zuwider, seit sie ihn gezwungen hatten, den Reden des Dämons zuzuhören, und die anderen um ihn zu raunen schienen: Faßbinder spricht wie jener.

Was aber führte Georg nach Steinstücken? Ihn, der in jener Stadt aufgewachsen war, der jeden ihrer Winkel kannte, jede Straße, jeden Platz – in einer Zeit, die, verglichen mit der Faßbinders, unbeschadet war? Sollte er der Stadt davongelaufen sein? Ein Flüchtiger? Aber mit welchem Grund?

Gab es irgendwelche Gründe, eine Stadt zu verlassen, um sie nie wiederzusehen? Warum flehte er geradezu darum, bleiben zu dürfen, ausgerechnet hier, bei ihm, in einer gefährdeten, äußerst gefährdeten Situation? Warum hatte er so viel Verachtung für jenes, wie er sagte, Kaff? War Kaff eine Last geworden, eine unerträgliche Last, die das Atmen schwer machte? War Kaff ein Alptraum geworden, ein Scheusal, das ihm in den Schlaf kam? An jene etwas rührselige Geschichte wollte er nicht so recht glauben, wenn auch die Worte, sollte er sie tatsächlich gesprochen haben, den alten Nachbarn ehrten. In einer Zeit, da alle, alle keine Schuld hatten, da sie alle Befehlen gehorcht hatten, da sie sich alle nicht mehr erinnern konnten an Ächtung und Ausgestoßenwerden, an Denunziation und Mord, in einer solchen Zeit wogen sie viel. Mochte Georg also bleiben. Mochte er erfahren, dass es keine Flucht gab.

Wie sollte Georg Faßbinder sein Kommen erklären? Wie sollte er erklären, dass er nicht mehr zurückgehen wollte? Einfach alles erzählen? Aber konnte er das? Seine Geschichte erschien ihm plötzlich ziemlich lächerlich. Er stützte die Arme auf, er lehnte sich gegen das niedrige Fensterkreuz des kleinen Dachzimmerchens, das ihm Faßbinder angeboten hatte. Hier kannst du bleiben, hatte er gesagt. Und er hatte hinzugefügt: Wenn es dir und solange es dir gefällt. Nein, Georg würde nie mehr nach Kaff zurückgehen. Er hatte sein letztes Geld für die Fahrkarte ausgegeben. Alles, bis auf ein paar Zweimarkstücke mit dem Aufdruck Einigkeit und Recht und Freiheit. Er hatte diesen Aufdruck erst jetzt entdeckt, und er kam ihm vor wie ein äffender Spottruf.

Diese Fahrt zurück würde er nicht ertragen können, zurück durch die grauen Weiten, durch die er einen ganzen Tag lang gefahren war. Wieder weg von Steinstücken, von Faßbinder weg, weg von einer Welt, die sich ihm bloßgelegt hatte. Georg fiel auf das Bett, schlief ein, träumte, wachte, träumte nicht, sah Faßbinder die Straße hinunterlaufen, er sah eine alte, dicke, kleine Frau schreiend vorauslaufen. Alles war ein Irrtum. Die Durchsage des Polizisten war ein Irrtum. Faßbinder war ein Irrtum. Faßbinder lebte nicht mehr, war umgekommen während des Krieges, man hatte ihn weggefahren, auf einem Lastwagen weggefahren, hatte ihn umgebracht, ermordet, verbrannt. Man wusste davon, alle Welt hatte davon gesprochen. Seinerzeit. Es war nicht so wichtig, sie hatten genug mit sich selber zu tun, dies hungernde Etwas in sich zu stillen, das unersättlich war, das wie ein Tier war, das wuchs und wuchs, in den Bäuchen, den Därmen, den Köpfen. Faßbinder war ein Irrtum. Das Dorf war ein Irrtum, die

Grenze, der schnauzende Polizist, der höhnisch lachende Polizist, die Schranke, die beiden Gestalten in den weiten Mänteln. Ich hab ihm den Hund gebracht, warum blutete der Hund nicht. Der Hund war erschossen worden. Viermal, sechsmal haben sie geschossen. Ich habe den Hund über den Weg getragen, habe ihn in den weißen Kasten der Uhr gelegt, das Pendel schlug aus, Faßbinder kam mit der Uhr aus der Küche, schüttete den heißen Kaffee in Georgs Mund, fiel auf den Boden. Nicht mehr nach Kaff zurück. Ich habe den Schein bekommen. Der Polizist hat mir den Schein gegeben, Faßbinder hat mir den Schein gegeben. Geben Sie alles zu. Geben Sie alles an. Wir wissen schon alles. Ja, sagte Georg. Ich bin schuldig. Ich habe den Hund erschossen. Aber der Hund hat nicht geblutet. Ich habe den Hund unter das Fenster gelegt. Ich hätte nicht auf ihn schießen dürfen. Ich gehe mit dem Schein nach Steinstücken, ich gehe mit dem Schein nach Kaff, durch die Türme, über die Drähte, durch die wiederaufgebauten, hellen Türme der Stadt, ich gehe durch die Bahnhofstraße. Georg betritt einen Blumenladen. Er kauft Forsythien, gelbe, kükengelbe Forsythien. Es sind bestimmt Forsythien. Er hält den Strauß in der Hand. Er schleift ihn über die Straße. Er will den Strauß verstecken. Der Strauß hinterlässt eine Spur. Wohin mit den Blüten? Man kann sie nicht zurückbringen. Ich werde ihn in einen Hausflur legen, in einen dunklen, stinkenden Hausflur, es gibt so viele hässliche Häuser in der Stadt, es gibt so viele dunkle, stinkende Hausflure. Die Bahnhofstraße hinunter, auf die katholische Marienkirche zu, mit den vielen undurchsichtigen Fenstern, den sechs Türmen. Die Kreuzung, die Ampel, die Warnfarben, die Tafel mit den Verkehrstoten. Die Polizei warnt vor dem Tod. Georg wartet vor der Ampel. Grün, rot, gelb, grün, rot. Er steht in einer Reihe mit den Wartenden, hinter ihm, vor ihm, ihm gegenüber. Sie schwimmen vorüber in Ketten, sind Schatten und Fische, sie heben und senken sich, ihre Augen blenden auf. Sie drängen ihn weiterzugehen, auf die Kirche zu, den Marktplatz, aber Georg kann nicht weitergehen, er bleibt mitten auf der Kreuzung stehen, seine Beine sind ohne Gefühl. Er sieht sich um, er sieht die Menschen lachend an ihm vorübergehen, er versucht, mit den Händen die Beine vorwärtszuschieben. Er würde nicht nach Kaff zurückkehren, nicht zurück in die engen Zimmer, in die verräucherte Küche mit dem schwarzen Eisenherd, auf dem Kohl und Wäsche gekocht wurden. Die große, dicke, fremde Frau ist tot, die Frau mit der karierten, fleckigen Schürze, den geschwollenen, ewig geschwollenen, umwickelten Waden, dem um die Ohren, die Haare gebundenen Tuch mit den Zipfelhörnern, ihre weißen, blauwässrigen, ewig verheulten Augen sind tot, ihre schrille, schreiende Kommandostimme, die Frau, die Georgs Mutter war. Er wird nicht nach Kaff zurückkehren, nicht mehr zurück ins Kabuff. Aber Kaff drängt sich in Georgs Zimmer, Kaff schaukelt am Fensterkreuz, frisst sich fest, liegt fett auf Georgs Bettdecke, Kaff bellt, wie kann Kaff bellen, Kaff ist tot, Kaff liegt tot im Baggerloch, Kaff atmet nicht mehr, Kaff ist für immer gestorben.

Faßbinder war die Treppe heraufgekommen. Er hatte Georg schreien gehört. Das Fenster in seinem Zimmer war offen. Georg saß aufgeschreckt in seinem Bett, saß aufrecht in den Kissen und wischte sich mit dem Ärmel über die Stirn. Faßbinder war barfuß. Seine nackten Füße leuchteten auf dem dunklen Fußboden, die Zehen waren nach oben gebogen. Er stand da, eine Erscheinung, sein Nachthemd lang und weiß, es reichte ihm bis über die Knie, war blau abgesetzt, unten, an den Ärmeln, der Kragen blau. Die Arme hingen schlaff herunter, das Gesicht weiß wie das Hemd, erst zuletzt bemerkte Georg, dass Faßbinder rauchte. Die Zigarette glühte rot auf, ein Notlicht für Georg, ein Zeichen, ein Beweis, dass er geträumt hatte.

Ich mach das Fenster zu, sagte Faßbinder, es sieht nach Regen aus. Er bewegte sich langsam an Georg vorbei, schlug die Fensterflügel zu, der Fensterhaken verklemmte sich, Faßbinder machte eine Weile daran herum, sein Rücken buckelte sich, die Schultern hoben sich bis an die Ohren, vor dem Fensterkreuz das Nachtlicht, das Geäst, das auf- und niederwogte.

Morgen werde ich dir das Dorf zeigen, sagte Faßbinder, du wirst ein paar Leute kennenlernen, nur ein paar, ich habe keine Freunde hier.

Er blieb noch einen Augenblick vor Georgs Bett stehen, die Zigarette hatte er durchs Fenster geworfen, dann ging er rückwärts zur Tür, die Tür öffnete sich, Faßbinder nickte Georg zu, ging hinaus auf den Flur, die Tür ging mit ihm, die Klinke hob sich aus der Schräge in die Waagerechte. Georg hörte Faßbinder die Treppe runtergehen. Er drehte sich in die Decke und schlief sofort ein.

6

Die Straße mit der S-Kurve führt ungefähr acht Laternen weit durch Steinstücken. Die Querstraße gehört schon zu Babelsberg. Die Benutzung des Bürgersteigs ist den Bewohnern Steinstückens bis auf Weiteres gestattet. Die Beschilderung klärt die Besitzverhältnisse, drüben DEM

ARBEITER DEM BAUERN, hier Faßbinder, den andern. Drüben die sturmzerzauste Kiefernkette, hier das undurchsichtige Gestrüpp.

Faßbinder war voller November, sein Atem sang, er hustete seit dem frühen Morgen, Georg hatte Mühe, neben dem schwerfälligen, ein wenig torkelnden Schritt zu bleiben, nicht auszuscheren. Dabei war der Himmel an diesem Vormittag offen, das heißt, er warf ein paar Zirren über den Kiefernwald, schob eine gelbliche, wässrige Sonne hinein, unter der Steine und Dächer errötet waren. Nicks Haus lag verborgen wie alle anderen.

Nick nannten sie hier Professor. Nick nahms nicht krumm, war Kummer gewöhnt, war alt geworden, hatte Unter den Linden dem Kaiser zugejubelt, hatte Krieg und Revolution überlebt, war für Stresemann, war für Hindenburg, hatte zwölf Jahre lang den Mund gehalten, danach, seither konservativ. Hatte gewählt, hatte geschoben, Zigaretten und Butter, Nähseide und Schuhsohlen. Hatte Prozesse gegen seine Mieter geführt, gegen den Tierarzt Montag zum Beispiel, nachdem dieser das Wassergeld schuldig geblieben war. Nick hatte ihm heimlich Radio und Kassette weggenommen, als Pfand, wie er sagte, hatte das Bürgerliche Gesetzbuch zitiert und den Montag angezeigt, weil während der nachfolgenden Auseinandersetzung Fensterscheiben und Türen sowie eine wertvolle Vase in Bruch gegangen waren, angezeigt wegen Sachbeschädigung und Nötigung. Für beides war die vierte kleine Strafkammer zuständig, die das Verfahren schließlich nach drei Terminen wegen Geringfügigkeit eingestellt hatte. Dabei war Nick nur mit Mühe davon abzubringen, Montag auch noch wegen Morddrohung zu belangen, denn angeblich hatte der Tierarzt bei Zurückeroberung der

Kassette einen Gewichtstein in der Hand gehabt. Gegen den Versicherungsangestellten Alois Fleischhacker hatte Nick mehr Erfolg. Zwar musste er drei von vierzehn Paar eingeheimsten Schuhen aufgrund einer einstweiligen Verfügung sofort wieder herausrücken, aber es kam schließlich zu einem Vergleich, auf den sich der etwas weichliche Fleischhacker eingelassen hatte. Nick musste die restlichen Schuhe in Pluskows Kramladen abgeben, Fleischhacker hinterlegte an derselben Stelle einen Umschlag mit 10 Mark für eine von Nick gestellte Forderung, nämlich 6,30 Mark als Ersatz für eine fahrlässig zerstörte Auflaufform aus Jenaer Glas und 3,70 Mark für ohne mein Wissen entnommene Kartoffeln. Kurze Zeit später sah man Fleischhacker, sah man Nick durch Steinstücken laufen, Fleischhacker mit den Schuhen, Nick lamentierend und laut redend, verkündend, dass er den Prozess gewonnen habe und dass er denjenigen gern kennenlernen möchte, der imstande wäre, ihn ins Gefängnis zu bringen. Das aber wäre beinahe geschehen im Sommer 1959, als ostdeutsche Grenzpolizisten in Steinstücken eingedrungen waren, um Nick auf dessen eigenem Grund und Boden festzunehmen. Unter Rufen wie Menschenräuber und Die Russen sind da schlug er um sich, trat und spuckte, schrie den Tierarzt Montag herbei, der ihn mit ein paar gezielten Stockhieben aus der misslichen Lage befreite.

Nick, das ist Georg. Nick zeigte ihnen den Rücken, er bückte sich über ein Stück Beet, grub zwischen Ranken und Sträuchern mit den Fingern die Erde auf, grub weiße Zwiebeln aus, legte sie in einen Kasten. Nick erhob sich bei dem Anruf, er drehte sich langsam den beiden zu, sah misstrauisch hervor, er kam auf den Zaun zu, auf Faßbinder und Georg. Sein weißes Haar fiel ihm über den

Schädel, um das Kinn wuchs ihm ein grau schimmernder Bart. Die Augen standen schief in roten Lidrändern. Nick trug einen durchlöcherten Malerkittel, den Farbkleckse und Ölflecken und Brandstellen zierten, die Beine steckten in Gamaschen, die Füße in einem Geflecht modischer Sandalen.

Nick gab Faßbinder die Hand, dann Georg, er brummte etwas daher, schaute knurrig um sich, rieb sich die Hände, strich über das Haar, stand da, ein wenig albern, ein wenig verlegen, kleiner und älter als Faßbinder. Von der Straße kam Kindergeschrei, eine Rollschuhhorde lief um die Wette, gefolgt von einem Rollerrudel, hinter einem Baum hockte ein kleiner Junge und feuerte mit einer Plastikempie über die Straße, pampampampam. Nick schimpfte hinter den Kindern her, alles Nussdiebe, sagte er, elende Nussdiebe, die man einsperren sollte. Heute Morgen haben sie mir die Nüsse gestohlen, im letzten Jahr, im vorletzten Jahr, in jedem Herbst stehlen sie mir meine Nüsse. Leg mich auf die Lauer, schlaf kaum eine Nacht, beobachte, schleiche mich ran, kletter in den Baum, alles umsonst, ich erwisch die Burschen nicht. Nick stampfte ärgerlich mit dem Fuß auf, Georg wollte lachen, aber Faßbinder stieß ihn rechtzeitig mit dem Arm an. Wenn ich die Brüder fasse, sagte Nick, das gibt mindestens sechs Monate. Ich kenn mich da aus, mein Vater war Professor, mein Onkel war Anwalt, mein Bruder ist Justizangestellter und sein Sohn Gefängniswärter. Ich besitze alle Gesetzbücher des In- und Auslandes, alle auf den neuesten Stand gebracht, alle Paragrafen kommentiert, da macht mir niemand etwas vor, der Nussparagraf verspricht Gefängnis.

Nick ging voraus, mit Faßbinder und Georg am Haus vorbei, auch Nicks Haus einstöckig, mit gewölbten, bauchigen Außenwänden, die von wildem Efeu gehalten wurden. Nick führte sie an einem Schuppen vorbei, der nach Holz und Öl roch, er führte sie unter den Nussbaum, das Laub lag nass unter ihnen, blieb an den Schuhen kleben, sie zertraten die leeren, aufgesprungenen Schalen. Es ist ein Jammer, klagte Nick, aber eines Tages werd ich sie fassen. Den Gartenweg entlang steckten Besenstiele in der Erde, an denen Tomatensträucher kletterten. Die Früchte waren grün geblieben, gelb und wässrig vom Raureif, vom Nebel, dem Regen. Neben den Stöcken waren Stahlhelme in die Erde gelassen. Nick erklärte: Die Stahlhelme sind durchbohrt, das Wasser fließt langsam und gleichmäßig zur Wurzel der Pflanze, es waren alles Kopfschüsse. Hier in meinem Garten, auf meinem Grundstück, zehn Mann. Es war ganz zum Schluss, erinnerte sich Nick, warten Sie mal, es war im April fünfundvierzig. Die Bienen saßen in den Kirschbäumen, es war ein gutes Obstjahr. Die Stahlhelme nahm ich ihnen weg, sie tränken nun meine Tomaten, aber Sie sehen, es nützt nicht viel. Nick öffnete die Hände, milchige, weiche Hände. Er ging tiefer in den Garten hinein, entschwand den Blicken Georgs, Faßbinders, blieb hinter dem Tomatengestrüpp, den Stachelbeerhecken, den Johannisbeersträuchern. Er ging auf die Waldwand zu, die sich hinter seinem Garten aufgerichtet hatte. Dort schien er mit dem Wald über seine gestohlenen Nüsse zu reden. Ein Vogel flatterte vor ihm auf, schrie, schwang sich in einen der überhängenden Krüppeläste. Nick hatte Georg eine Belohnung für die Ergreifung des Nussdiebes versprochen. Er hatte ihn eingeladen. Faßbinder ergänzte, dass Nick Klavier spiele, Serenaden und kleine, selbst komponierte Walzer. Außerdem malt er, sagte Faßbinder. Die Leute in Steinstücken haben alle ein Nick-Bild überm Sofa hängen.

Nick gegenüber wohnte die Schriftstellerin Anni. Als Mädchen hatte sie für eine Berliner Zeitung naturverbundene Wochenendverschen geschrieben. Ihr Haus war größer als das des Professors. Verglichen mit diesem war es sogar fast ein Palast. Eine Treppe führte zu einer überdachten Terrasse. Säulen strebten empor, Steinvasen standen am Rand des Weges, Nymphen und kleine Löwen. Auch Anni war alt geworden. Sie stand inmitten ihres erfrorenen Dahlienwäldchens, klein und mickrig, im Haar drei silberne Lockenwickler. Als sie Faßbinder bemerkte, kam sie an den Zaun gelaufen, streckte ihm und Georg die gelbe, knochige Hand entgegen. Ihre runden, dunklen, erstaunlich jungen Augen leuchteten. Wenn sie durch Steinstücken ging, riefen die Kinder hinter ihr her. Sie ging wie eine Dame, nach Mode der Zwanzigerjahre gekleidet, das Radstöckchen mit der Tasche vor sich herschiebend. Ach, was sind das für furchtbare Zeiten, jammerte sie. Sie ließ die Schultern fallen und machte eine Weiß-nicht-Bewegung. Faßbinder tröstete sie, Anni lief in den Garten zurück und blieb bei den hängenden Köpfen der Dahlien stehen. Es schien, als gehöre sie dazu.

Mittelpunkt Steinstückens ist Pluskows Kramladen in der Steinstraße. Vor dem Krieg beliebtes Ausflugsziel für langweilige Sonntagnachmittage. Klatsch und Sahnekuchen, eilige, nervöse Kellner, Schatten spendende Bäume, Tanz im Freien, Lampions und verschwiegene Lauben. Übrig blieb der große Klatsch im kleinen Lädchen. Die Wirtschaftsküche dient als Abstellraum für Gemüsekisten und Waschpulverkartons. Nur der Herd wird geputzt und gescheuert, als ginge es morgen wieder los. Kellen und

Löffel und Fleischerhaken blitzen wie neu. Im Schankraum hängt der Flitter, ansonsten Staub und Stille. Der Laden selbst ein vorgelagerter Bau, kaum größer als eine Autogarage. Davor ein halb unter die Erde getriebener Bunker, verschlossen von einer Eisentür, über und über mit Gräsern bewachsen.

Faßbinder stieß mit dem Knie die Ladentür auf. Georg folgte ihm. Sie waren im Bogen um Steinstücken herumgegangen, kaum eine halbe Stunde hatten sie dazu benötigt. Ein meterbreiter Weg bis zum Wald, den wieder zurück, über die Bahngleise, die rote Brücke, wieder durch die Straßenkurve bis zu den Kiefern, über eine Wiese, an Müllbergen vorbei, an Wäscheleinen und bellenden Hunden. Am Bahndamm hatten zwei Soldaten mit Gewehren gestanden. Sonst war ihnen niemand begegnet.

Vor der Theke stand eine ziemlich ärmlich gekleidete Frau. Sie drehte sich nicht um, als die beiden Männer den Laden betraten, auch erwiderte sie Faßbinders Gruß nicht. Es war, als stünde sie seit Ewigkeiten dort. Nichts rührte sich. In der Küche hinter dem Laden war es still, im Haus, draußen auf der Straße. Auf einem schäbigen Tisch waren Süßigkeiten ausgelegt, in Gläsern und Schachteln und Büchsen. Dahinter türmten sich Weinflaschen, Döschen und Päckchen. Kartoffelsäcke standen herum, Kisten mit Milchflaschen, von Fliegen umschwärmt. Eine Uhr ohne Zeiger machte allzu deutlich, dass hier die Zeit stehen geblieben war.

Sie mochten fünf oder zehn Minuten, vielleicht sogar eine Viertel- oder halbe Stunde lang gewartet haben, als sie die Steinsche die Treppe herunterkommen hörten. Völlig außer Atem kam sie durch die Küche in den Laden gerannt, nickte den beiden Männern zu, entschuldigte sich, zog eine Schublade auf und blätterte im Kundenbuch. Die Steinsche war zwergig. Ein erhöhter Laufsteg hinter der Theke verhalf ihr zu einer besseren Sicht über den Tisch, zur Tür hin und in den Laden. Ihr Mund verzog sich, als sie der Frau klarzumachen versuchte, dass es diesmal völlig ausgeschlossen sei, sie persönlich ja, aber der Chef erlaube es nicht mehr. Die Frau brummte daraufhin wie ein Mann und schluffte wortlos hinaus. Die Steinsche sah erstaunt auf, ihr Kopf saß groß auf der Schulter, ihre zu langen Arme, sie wusste nicht wohin mit ihnen, verschränkte sie vor der flachen Brust, warf sie mit einem Seufzer von sich, streckte sie, die langen Hände, die langen, dünnen Finger, die Hüften hinunter, brachte die Arme nach hinten, faltete die Hände, wippte mit den Füßen, stellte sich auf die Zehen, um der Frau nachzusehen, nicht lange, fiel zurück. Sie stand vor ihren Konservenbüchsen, sie war einen Augenblick lang das kleine Mädchen, das leere Büchsen sammelte, sie heimlich in einer Ecke des Gartens aufschichtete, Schmuckkästchen daraus zauberte, Blumenvase, Nähkorb und Trommel. Stand vor den Konservenbüchsen, vor ihr, in einer Glasvitrine, alle Sorten von Käse, über ihrem Kopf hing ein klebriger, grüner, gelber, verstaubter, grauer Fliegenfänger.

Faßbinder stellte Georg vor, die Zwergin versuchte zu lächeln, in ihrer verschämten Art vollzog sie so etwas wie einen Knicks. Sie wurde sehr aufgeregt, als sie die Zigarettenmarke nicht vorrätig hatte, die Georg kaufen wollte. Sie klatschte vor lauter Verlegenheit in die Hände, sah zur Vorsicht noch einmal nach, schlug eine andere Sorte vor, erbot sich, Georgs Zigarettenmarke zu bestellen, eine bescheidene Menge auf Vorrat.

Die Steinsche hatte während des Krieges geheiratet. Ihr Mann kam wenige Monate später um. Bei Stalingrad, pflegte sie hinzuzufügen. Ihre Tochter Katharina half ihr, Pluskows Kramladen zu führen. Pluskow selbst machte das Schriftliche. Er kaufte ein und rechnete ab, er führte die Bücher und kümmerte sich um die Steuer. Nebenbei hatte er eine Art Ehrenstellung. Er fühlte sich als Bürgermeister. Amtsdinge erledigte er. Das Gerücht wollte es, dass die Steinsche mit Pluskow etwas hatte.

Katharina hantierte in der Küche mit dem Stocheisen im Ofen herum, sie sang dabei eines jener Lieder IRGENDWO AUF DER WELT, die Steinsche fistelte den Namen des Mädchens durch den kaum geöffneten Mund, durch die grauen, kleinen Zähne, rief Katharina GIBTS EIN BISSCHEN SELIGKEIT, zog die dritte Silbe lang wie eine Lakritzstange. Der Singlaut brach ab, das Stocheisen fiel auf den Steinboden. Katharina erschien in der Tür, größer als ihre Mutter. Sie hatte rotes Haar, das weit vom Kopf stand, über die Stirn hing, bis zu den Augen. Ihr Gesicht war voll und rund, der Mund stand halb offen. Widerstrebend kam sie näher und stellte sich neben die Steinsche hinter die Theke, begrüßte Faßbinder und Georg. Die Steinsche aber machte husch und scheuchte das Mädchen wieder davon. Katharina lief durch den Laden mit weit ausschwingenden Armen, wie die Kinder beim Rollschuhlaufen. Als Faßbinder und Georg die Straße zurückgingen, kam sie ihnen schreiend entgegengelaufen, mit ängstlichen Bewegungen hinter sich zeigend. Vor seinem Garten stand Nick und schleuderte einen toten Hasen. Er lachte aus vollem Hals. Katharina lehnte ihren Kopf an Georgs Schulter. Dann lief sie plötzlich davon.

Georg lernte noch andere kennen. Hildchen zum Beispiel, ein gutmütiges, immer lachendes Mütterchen, das berühmt war für seine Hühnerzucht. Traudchen wohnte im Kreuzwinkel und hatte den Saal in der leer stehenden Villa eines ehemaligen Offiziers zu heizen. Dort hielt der alte Pastor Selbach aus Nikolassee jeden zweiten Sonntag Gottesdienst. Schließlich die Brinkmann, ein blondes, vollbusiges Weib, über das es eine Menge Geschichten gab. Eine erzählte man sich besonders gern, und es mag sein, dass mit den Jahren viel hinzugekommen ist. Mit ihrem Mann, einem Hauptmann der Heilsarmee – sie selbst war nach der Blockade desertiert –, hatte sie die Parterrewohnung im Haus des Drogeriebesitzers Belitz gemietet. Um vor nächtlichen, unliebsamen Besuchern und vor den Russen, die ja, wie allgemein in Steinstücken bekannt, doch eines Tages kommen werden, sicher zu sein, hatte Hauptmann Brinkmann eines Tages das äußere Schlafzimmerfenster durch ein Eisengitter ersetzt. Das aber missfiel seiner Frau, vielleicht, weil sie nächtlichen Besuchen nicht abgeneigt war, vielleicht, weil ihr die Hauptmannshosen ihres Mannes nicht passten. Kurz und gut, nachdem sie alle Wortgefechte um das Gitter verloren hatte, streute sie die Betten voll mit Sand und behauptete, daran sei das fehlende zweite Fenster schuld. Hauptmann Brinkmann kapitulierte in Ehren. Um dem Gespött der Nachbarn zu entgehen, kletterte er in der Nacht auf die Leiter, um das Gitter wieder zu entfernen. Dabei vertrat er sich und brach sich das Schlüsselbein. Das Gitter hängt bis auf den heutigen Tag vor Brinkmanns Schlafzimmer, und Sand findet der Hauptmann nur noch selten in seinem Bett.

So sind die Leute von Steinstücken. Ihre Gewohnheiten sind dürftig, sie schweigen lieber, als dass sie reden, sie misstrauen einander und erst recht jedem Fremden. Ihre Wege sind abgeschnitten, der eine lange durch den Wald ist den Alten zu beschwerlich. Selten nimmt sie jemand mit. Wer niemanden hat, stirbt allein, und es kommt vor, dass es erst nach Wochen bemerkt wird. Den Weg mit dem Fahrrad zu fahren ist selbst für die Rüstigeren mühsam. Vor zwei Monaten stürzte der alte Lippmann etwa auf halber Strecke. Es dauerte über eine Stunde, bis ihn eine Streife hilflos und blutend am Rand des Weges liegend fand. So werden die Alten oft nur noch einmal über den Weg gefahren, denn die Friedhöfe liegen alle jenseits der Schranken in der Stadt. Von den Manglitz erzählt man sich, dass sie über sieben Jahre nicht aus Steinstücken herausgekommen sind. Beide starben in der Nacht zum Karfreitag des vergangenen Jahres. Ihr Haus steht bis heute leer. Die Fenster und Türen sind zugenagelt, als habe die Pest gewütet. Außer Pluskow war niemand den Särgen gefolgt.

Georg hatte sich im Grunde nicht umzustellen. Der Verfall der kleinen Stadt, der Verfall, der wie eine Krankheit in ihm steckte, mit dem er herangewachsen war, war der Verfall Steinstückens. Wenn auch die Stadt die Schwestern des Misstrauens, Isolierung und Einsamkeit, höllisch und böse zugleich, herausputzen konnte, so hockte doch in ihren Kleidern der Tod. Er saß in den geheimsten Winkeln, immer und überall, auch da, wo sich das Leben unbeschadet gab. Auf dem ganzen Weg Zeichen, flackernde Nebellichter, die in die Irre führten. Zu Anfang der Rathausbogen mit Splitternarben und Sprüchen von Kaiser und Reich. Im Treppenhaus der nagelbeschlagene Kanzler. Unter den Säulen hatte einst Jener zum Eintopfessen gesprochen, danach Geläut von allen Türmen. Das Haus. Sein Besitzer, ein ehemaliger SA-Mann, drohte Georg totzuschlagen, wenn er ihn noch einmal im Keller erwischen sollte.

Die Schule. Der jüdische Lateinlehrer Heiland weinte, als er den Namen Oradour aussprach. Seine Zuhörer, wohlerzogene Söhne angesehener Eltern, grölten. Turnlehrer Eickmann turnte in Unterhosen die Riesenwelle, sein Nachfolger Hiller ließ die Klassen singend und im Stechschritt eine Stunde lang über den Hof marschieren. Englischlehrer Colditz pflegte zu schlagen. Er schlug mit der rechten Hand, an der zwei oder drei Finger fehlten. Er schlug mehr mit dem Arm als mit der Hand. Deutschlehrer Lutter erzählte von seiner persönlichen Bekanntschaft mit Rudolf G. Binding und vom Versuch, im Jahre 1918, kurz vor Ende des Krieges, in einem Wäldchen bei Schmalkalden aufs Pferd zu kommen. Religionslehrer Heimbach begann seine Stunden regelmäßig mit der Frage: Habt ihr schon mal die Sonne aufgehen sehen? Nach seiner Pensionierung ließ er sich von der CDU zum Bürgermeister wählen. Schließlich der sächselnde Referendar Sommerlatt, dessen Ankunft vom eigens von ihm ausgesuchten Türsteher mit einem ACHTUNG gemeldet werden musste. Sommerlatt schoss wie ein Blitz in die Klasse, sah nach, ob Fingernägel und Schuhe sauber waren, ging durch die angetretenen Reihen, warf den Kopf nach hinten und schrie: Wer fährt sich noch durch die Haare? Alle aber wurden übertroffen von dem kleinen, drahtigen und sicherlich auch genialen Dr. Dörr. Er verteilte Teddybären, Strafarbeiten, die bei französischen Sprachexerzitien verschrieben wurden. Natürlich hatte er auch seine Lieblinge, meistens waren es die Söhne wohlangesehener Bürger. Er ging mit ihnen ins Schloßcafé und spendierte ihnen Erdbeeren mit Schlagsahne. Er war es auch, der Zensuren milderte und darunter schrieb: mit Rücksicht auf die Eltern.

Der Stenografenverein. Hier regierte der dicke, rotwangige Bankangestellte Karlheinz Schreiber. Er lebte für die Deutsche Einheitskurzschrift, betete zu Franz Xaver Gabelsberger und bekämpfte die Anhänger des Systems Stolze-Schrey, die in der Staatlichen Handels- und Gewerbeschule für Mädchen zusammenkamen. Alljährlich rüsteten die Stenografen zu großen Wettkämpfen, intrigierten untereinander, erkämpften Urkunden und Ehrennadeln, Karlheinz Schreiber besaß die bronzene Ehrennadel der Industrie- und Handelskammer, die silberne Ehrennadel der Industrie- und Handelskammer, die goldene Ehrennadel der Industrie- und Handelskammer, er besaß die bronzene, silberne, goldene Ehrennadel des Deutschen Stenografenbundes, er besaß die bronzene Plakette der Stadt und er besaß die Ehrennadel der Stadt. Auf Stiftungsfesten präsentierte er den ganzen Klempnerladen, redete von sich und Franz Xaver Gabelsberger, dem Vater der Einheitskurzschrift, die ja nunmehr, so dozierte er, seit dem 1. April 1926 gelehrt werde. Karlheinz Schreiber war in der Stadt berühmt. Und er wusste es. Von vielen, vielen Stenografinnen der Stadt umschwärmt, war er bald Vater mehrerer unehelicher Kinder. Schließlich heiratete er die Stenografiebezirksjugendmeisterin Berg-Niederrhein aus Krefeld-Verberg. Der 1. Vorsitzende des Landesverbandes segnete diesen Bund und sprach: Mögen Eure Kinder tüchtige Stenografen werden.

Die Motorfabrik. Ein Eisenstahlgerippe, mehr eine Bahnhofshalle. Es stank nach Lack und Bohröl, bläuliches Aufleuchten aus verhangenen Schweißerkabinen, Kräne fuhren kreischend über rostige Gleise, bimmelnd und von den Schreien der Kranfahrer begleitet. Georg arbeitete im Auslandsbüro des Herrn Grillmann, ein eigenwilliger, katholischer, ewig nach Knoblauch riechender Endfünfziger, der, wie er sagte, in der Welt herumgekommen war. Grillmann empfing Käufer und Vertreter und zeigte ihnen die Fabrik. Priester aus der Druckerei in Steyl, Mijnheer de Roer von den Staatsmijnen in Limburg, die Brüder Manzotti aus Mailand, Signor Hernandez aus Mexiko. Danach saßen sie hinter verschlossenen Türen, feilschten um Rabatte und Lieferfristen, drohten mit fingierten Angeboten der Konkurrenz, schüchterten ein und schlugen sich gegenseitig übers Ohr, waren dabei aber fröhlich und tranken Kaffee. Ja, Grillmann kam immer mit den neuesten Witzen aus Neapel, London und Ankara ins Büro zurück.

Diese Welt hielt Georg gefangen. Sie machte ihn. Sie übte Zwang aus. Sie befahl, sich zu begnügen, Frieden zu machen, wie alle Frieden gemacht oder, wie Grillmann sagte, sich in ihr Schicksal gefügt hatten. Von Widersprüchen zerrieben, ging Georg eines Tages in das Haus des Kaplans Quellbach, wo er die Bibliothekarin Ilse Jansen kennenlernte, ein dunkelhaariges, zierliches Mädchen mit unruhigen Augen, in das er sich sofort verliebte. Sie war anders als alle Menschen, die ihm bisher begegnet waren. Er wusste nicht, warum, aber es war so. Kurze Zeit später verschwand Ilse Jansen spurlos. Niemand wollte sagen, wohin man sie gebracht hatte. Weder Kaplan Quellbach noch ihre Mutter, eine herrschsüchtige Witwe, die immer und ewig mit verweinten Augen herumlief und die aus ihrer Wohnung ein Grab gemacht hatte. Das Zimmer, in das sie ihre Gäste führte, war zu jeder Tageszeit abgedunkelt. In einer Nische brannte ein rotes Kerzenlicht, daneben lächelte, von Blüten umgeben, eine holzgeschnitzte Maria aus dem Kunstgewerbeladen. Die Wände waren mit Fotografien ihres verstorbenen Mannes behängt. Durch einen Zufall erfuhr Georg, dass Ilse Jansen in ein Kloster an der holländischen Grenze gebracht worden war. Eine ihrer früheren Freundinnen hatte sie dort gesehen. Georg nahm den nächsten Zug.

Das Kloster lag auf einer sanft geschwungenen Anhöhe, eine knappe Viertelstunde vom Bahnhof entfernt. Auf dem Weg dorthin begegneten Georg Bauern mit zweirädrigen, schaukelnden Pferdekarren. In den Feldern brannten kleine Feuerchen. Das Kloster war ein schwarz gewordener Backsteinbau hinter ebenso schwarzen Backsteinmauern. Moos und Gras hatten sich in das Gestein gefressen. Über dem spitzbogigen Eingang ein Heiliger, vermutlich der Schutzpatron, dem das Haus geweiht war. Sein steinernes Gesicht war weder freundlich noch böse. Georg aber sollte sein Ziel nicht erreichen. Als ein Rudel Nonnen mit schwarzen, flatternden Röcken und Umhängen, mit niedergeschlagenen Augen, die Gesichter in Lätzchen und Manschetten gesteckt, als sie mit wiegenden Schritten und gefalteten Händen, mit klappernden Rosenkränzen und weißen, verschreckten Gesichtern still an Georg vorbeischwebten, wagte er nicht mehr, im Kloster nach Ilse Jansen zu fragen. Ihre neue Welt war ihm fremd und sie wurde ihm unheimlich, als er aus dem ersten Stock des Klosters ein vielstimmiges, gesprochenes, gesungenes, ein gehauchtes, sehnsüchtig leises, beschwörendes, geheimnisvolles Gebet hörte, dessen Worte waren: Gesegnet seist du, Maria, voll der Gnaden.

7

Es war noch dunkel, als Georg aus dem Haus ging, um nach DRÜBEN zu fahren. DRÜBEN sollte er sich mit Gollasch treffen. Faßbinder hatte ihn vor zwei Tagen darum gebeten. Er war schüchtern und verlegen, als er davon sprach. Georg eilte den Weg entlang, der Nebel lief vor ihm her, die Lampen begleiteten seinen Schritt. Jene erwarteten ihn an der Schranke, frierend und müde. Unter den Lichtkegeln zweier Scheinwerfer wirkten sie gespenstisch. Sie ließen sich den Schein zeigen, den Ausweis. Die schwarzen Läufe ihrer Gewehre sahen drohend unter den Mänteln hervor. Georg grinste, sagte was daher, bekam aber keine Antwort. Sie drehten ihm den Rücken zu.

Der Bus fuhr die Straße nach Stolpe runter. An der Kirche stiegen zwei Männer mittleren Alters hinzu. Sie hatten Aktentaschen, rochen nach Schweiß, nach Wurstbroten, Tee und Käse. Sie hatten mürrische, unzufriedene, verschlafene Gesichter. Sie sagten nichts, zeigten dem Schaffner ihr Kärtchen, blieben während der ganzen Fahrt stumm, saßen stumm nebeneinander, starrten stumm nach vorn. Georg erkannte die Kurve wieder, das tiefhängende Astgewölbe, darin die breite Straße hinunter bis zum Hotel, die Feuerwache, der See, die Eisenbahnbrücke. Dort stieg Georg aus. Er lief vor dem Bus her, auf die andere Straßenseite, der Bus sah ihn einen Augenblick lang an, zitternd vor Ungeduld, verrückt vor Ungeduld, die Scheinwerfer hellten auf, die Blinklichter, das glänzende Stoßstangenmaul spiegelte die Straße, spiegelte Georg wider, verzerrt, verzogen, lächerlich breit und klein und krumm und lang, zusammengedrückt. Der Motor sang auf, der Bus fuhr hinter Georgs Rücken davon, auf die Brücke zu, darunter weg. Die Männer blickten Georg reglos nach, grau, blass, teilnahmslos.

Georg stand über dem See, der sich zu einer weiten, glatten, schwarzen Scheibe ausbreitete. Der Nebel hing in langen, schmalen Streifen darüber, hing in den Sträuchern, den Bäumen, die den Hang hinunterfielen. Das Licht kam über einen unsichtbaren Bogen vom Wald her, zerging, zerfiel auf dem Wasser in viele kleine Punkte, kleine glitzernde, weiße Punkte und Striche.

Im Schatten der Bäume, im Schatten der Lichtmasten der Bahnhof. Der Platz davor war noch leer und leblos. Ein Taxi kam um die Fußgängerinsel gefahren, das gelbe Krönchen leuchtete durch den Nebel, die roten Bremslichter. Der Motor tuckerte aus, das Taxi streckte einen Flügel aus, der Flügel glitt klatschend zurück. Der Fahrer blieb auf der Strecke stehen, er schlug mit den Armen um sich, drehte sie, kreisend und wirbelnd, streckte sie, wölbte die Brust, lief dann quer über den Platz, im Wechselschritt, im Sprung, warf die Beine abwechselnd in die Luft, blieb wieder stehen, rief laut Ah und Oh, fühlte sich, gab sich unbeobachtet, fühlte sich, gab sich, war allein, allein.

Das Gebäude LETZTER BAHNHOF war flach und schmutzig, ein Backstein mit Giebeldach IM WESTSEKTOR, die Uhr, das Auge, mit den Balken ACHTUNG, der Minutenanzeiger sprang über den Strich WARNT MITREISENDE, vor der Drehtür hing ein Briefkasten, Georg hörte Faßbinders Stimme: Du wirst dich mit Gollasch treffen, es ist ganz ungefährlich BEI WEITERFAHRT, er drehte sich durch die Tür, sein Schritt wurde laut, ging quer durch die grüne, badgrüne Halle auf den Schalter zu DROHT FREIHEITSENTZUG.

Nach DRÜBEN bitte. Es soll ganz ungefährlich sein. Die Frau hinter dem Schalter strickte an einem Strumpf, sie starrte auf Nadel und Knäuel, sah Georg nicht kommen, hörte seine Stimme nicht, erst als dieser das Geld in den Teller warf. Sie stülpte den Mund vor: So früh, der Herr, wie weit, der Herr, sie hob die Schultern, zeigte auf das ovale, perforierte Etwas HIER SPRECHEN, Georg wiederholte, nach DRÜBEN bitte, und er fügte hinzu: Kann man denn? Die Frau hob wieder die Schultern, sie weiß nicht, sie versteht nicht, geht mich nichts an. So sprechen Sie doch hier. Tippte mit dem Finger gegen die Scheibe. Dafür gibt es bestimmt einen ganz verrückten Namen. Die Maschine spuckte die Fahrkarte aus, die Frau warf sie in den Teller unter der Scheibe, sie streckte sich nach vorn, sah nach, ob das Geld stimmte, sagte, zu wenig, sagte, es fehlt noch ein Sechser, und sie sagte, mein Herr. Dann drehte sie den Teller herum, nahm das Geld, sortierte es in einen Holzkasten, Georg nahm die Fahrkarte, die rot bedruckt war, im Westen bekommen sie rote, im Osten schwarze. Vorbei an Plakaten WER GESUND LEBEN WILL, vorbei an einer dunkel schimmernden Scheibe, Zeitungen dahinter, aufgetürmte Zigarettenpackungen WIR NEHMEN AUCH OSTGELD IN ZAHLUNG, vorbei an Schildern, an Türen EINTRITT VERBOTEN, an Fahrplänen vorbei mit Zielen und Zeiten BESUCHT UNS, Städte, die ins Hintertreffen geraten waren, entfernt und unerreichbar, Schattenstädte, Mondstädte, Traumstädte, deren Namen fremder und fremder, Riesa zum Beispiel und Wolfen, Greifswald und Guben. Vorbei an Aufrufen der Deutschen Reichsbahn, vorbei an der WAHRHEIT, Fahrrädern und Kinderwagen und Sperrgut, für Fahrräder ist die volle Gebühr, der volle

Fahrpreis zu entrichten, Kinderwagen sind frei, Sperrgut nach Maßnahme, Hunde sind anzuleinen, Kinder sind anzunageln, Alte und Gebrechliche, Schwerbeschädigte mit amtlichem Ausweis DIE WAHRHEIT. Sachbeschädigungen auf dem Gelände der Deutschen Reichsbahn werden unnachgiebig, unerbittlich geahndet, meldet die Täter, schlagt den Faschismus, weg mit Adenauer, weg mit der Atombombe, dreihundertsechsundachtzig zertrümmerte Fensterscheiben, zweihunderteinundzwanzig abgerissene Aschenbecher, neunundneunzig aufgeschlitzte Polstersitze MELDET DIE TÄTER, auf Wunsch vertraulich, meldet sie der Bahnpolizei, der westdeutschen, der ostdeutschen, meldet sie der Verkehrspolizei, der Schutzpolizei, der Bereitschaftspolizei, der Hilfspolizei, der Kriminalpolizei, der Knüppelkoppelpistolen tragenden Polizei, meldet sie dem zuständigen Fahrdienstleiter, dem Vorsteher, dem Zugführer, dem Nächsten, dem Blumenfräulein, dem Mann mit dem roten Schulterband, dem Mann mit der Trillerpfeife. Die Treppe hinunter in das Gewölbe unter den Bahnsteigen, den grünen, badgrünen, blättergrünen, nietenknöpfigen Eisenträgern, Georg wollte pfeifen oder singen oder schreien oder irgendetwas, er verbeugte sich vor dem Holzkasten, Holzschiff, in dem der Mann mit der Zange saß. Er nahm Georg die Fahrkarte aus der Hand, fragte wohin, antwortete Bahnsteig zwei, drückte die Zange zusammen, ein Fitzchen tanzte und drehte und wirbelte auf den Boden zu, Georg eilte die Treppen rauf, nahm zwei und drei Stufen, kam atemlos nach oben, der Zug stand schon da. Rotgelbe, staubige Wagen, hinter den Scheiben NEUES DEUTSCHLAND verschlafene Gesichter, kamen aus Griebnitzsee, kamen aus Babelsberg, kamen aus Potsdam-Süd. Die Türen schlossen sich automatisch, der Zug fuhr an, ruckte davon, an roten Signallampen vorbei, Weichenlichtern. Zehn Stationen bis Friedrichstraße, zehn Stationen nach DRÜBEN. Nikolassee, ein zweiter Bahnhof bei den Tennisplätzen, Abzweigung der Wannseebahn. Grunewald, der Güterbahnhof, die Rennstrecke. Westkreuz. Charlottenburg. Savignyplatz. Zoo. Tiergarten. Bellevue. Lehrter Stadtbahnhof. Die Grenze. Über dem Wald graute der Tag. Der Nebel hatte sich verflogen. Gegen die Scheiben nieselte der Regen.

Georg hatte sich in eine Ecke am Fenster gekauert. Er saß zwischen rauchigen Männern in dicken Mänteln. Die Männer spielten Karten, schlugen mit den Händen auf den Fenstertisch, grölten und stöhnten und schrien einander Zahlen zu, trampelten mit den Füßen, sanken in ihre Mäntel zurück, sortierten, entzückt oder betrübt, fluchend, rote erregte Gesichter. Vor Grunewald steckten sie die Karten weg. Es war beinahe hell geworden. Der Bahnhof lag in eine schwarze Brikettwolke gehüllt. Die Männer stützten die Hände aufs Knie, beugten sich vor, boten einander Zigaretten an, kamen hinter Grunewald ins Gespräch. Wat meenen Se denn, wat wird? Wat soll denn schon werden? Na, ick meene mit Berlin. Ja, die Russen sind sehr stark. Wieso sind die Russen sehr stark? Wieso? Dann denken Se doch ma an Stalingrad. Da wurden wir sozusagen vernichtend jeschlagen. Nu aba ma sachte. Jetz is nich Stalingrad. Jetz is ne janz andere Situation. Und in Stalingrad, Sie, det will ick aber ma jesagt haben, ham die Russen nur jewonnen, weil der Ami jeholfen hat. Denn is der Ami also jewissermaßen selber schuld, wenn det heute so is? Jenau. Und nur, weil der Ami Panzer und Munition und Flugzeuge für den Russen jeliefert hat, hat der Russe den Krieg jewonnen? Richtig. Jetz is mir alles klar. Det is nur der Jude da drüben in Amerika jewesen. Det Kapital. Und die Engländer, die hätten den Krieg ooch nie jewonnen, wenn der Ami nich jeholfen hätte. Die ham im Zweiten Weltkrieg nämlich jenau die Erfahrung jemacht, die der Franzose im Ersten Weltkrieg jemacht hat. Hm. Ja. Welche Erfahrung meenen Se denn da? Völlje Pleite, is doch klar. Ja, ick vasteh. Völlje Pleite. Und nur, weil der Ami dem Engländer jeholfen hat, ham die den Krieg jewonnen. Aber sagen Se ma, wat ick Sie schon immer fragen wollte, wie is det denn heute eijentlich mit dem Kennedy? Der is ja ein bisschen jung für so eine Verantwortung. Meiner Meinung nach müsste det einer sein, der die letzten vierzig Jahre mitjemacht hat. Wejen der Erfahrung. Und vor allem, damit er det Janze überblicken kann. Sagen Se det nich. Det kann ooch ein Junger machen. Es kommt doch auf die Bejabung an. Politik, det hat ja schon mein Großvater immer jesagt, Politik is Staatskunst, und die Staatskunst is die höchste aller Künste. Der is ja nu ooch noch Kathole. Wer? Na, der Kennedy. Ja, der is Kathole. Meenen Se, det is jut für uns? Ja, natürlich is det jut für uns. Man muss sich der alljemeinen Entwicklung anpassen. Heute muss det allet ausjenutzt werden. So können sich die katholischen Länder auf dieser Basis mit dem Amerikaner etwas näherkommen. Ja, ick vasteh. Det hängt wahrscheinlich ooch wieder mit dem Juden da drüben zusammen. Muss ja so sein. Wat halten Sie denn von dem Eichmann? Bis jetzt hat er sich jut jehalten. Meenen Se nich ooch, det der ein Jude is? Aussehen tut er ja so, da ham Se recht. Aber was da jespielt wird, das weiß niemand von uns.

Wat bei uns so in die Zeitungen jeschrieben steht, det is völlig vadreht und valogen. Wir bekommen ja nich die Wahrheit jesagt. Wer sagt uns denn die Wahrheit? Dann jibt es doch auf dieser Welt sozusagen überhaupt keine Wahrheit, wie? Nö. Sie schlugen mit den Händen auf den Fenstertisch, grölten und stöhnten und schrien einander zu, trampelten mit den Füßen, sanken in ihre Mäntel zurück, entzückt oder betrübt, fluchend, rote, erregte Gesichter. In Zoo stiegen sie aus.

Die Straße lief eine Zeit lang mit den Gleisen, verschwand dann hinter den dichter werdenden Sträuchern, ging wieder mit, bog ab, auf die Stadt zu. Häuser schoben sich dazwischen, die Schienen verzweigten sich, liefen ineinander, verloren sich, Georg versuchte, sie mit den Augen, den Händen zu verfolgen, gab auf, der Zug verlangsamte das Tempo, fuhr in den Bahnhof, wo ihn niemand erwartete. Die Stadt war voller Bahnhöfe, die Stadt hatte viele Abschiede, Umarmungen, Versprechen. Worte, die nichts zu sagen hatten, Briefe, die nicht geschrieben wurden, Anrufe, die nie ankamen. Signale lösten Trennungen aus, Züge fuhren ab, wurden von niemandem zurückgerufen. Zurückbleiben, denselben Weg zurückgehen, dieselben Treppen, durch die Sperre zurückgehen, an den bunten Plakatwänden vorbei, die Bahnsteigkarte abgeben, derselben Frau mit dem mürrischen, gleichgültigen Gesicht, sie gibt Auskünfte, nennt Zahlen, nennt Zeiten, nennt Ziele. Jeder Schritt schmerzt, jede Bewegung, jeder Entschluss. Angehalten, die Uhren bleiben stehen, die Sonne, die Tage dauern länger, nehmen kein Ende. Auf den Kalender sehen, die Tage abstreichen, die Wochen zählen, die Stunden, die ersten Nächte in dunklen, leeren Zimmern. Die geblümte Tapete, die Wärme, die Schatten, Georg zählte die Bahnhöfe, die alle gleich aussahen. Überall derselbe Vorgang, dieselben Warnungen den Zug entlanggerufen, die Bewegungen des Armes, das Anmaßende, Wichtige.

Der Zug überquerte Straßen und Wasserläufe, den Fluss, den Kanal. Die Stadt wuchs, wurde dichter und höher. Häuserwände, Gerüste, Kirchtürme, Kuppeln, Skelette. Spielplätze, Parks, lange, wartende Autoschlangen, Schornsteine. Arbeiter auf den Gleisen, das Geräusch von Spitzhacken, einer blies ins Horn, die Arbeiter traten zurück, stützten sich auf, zündeten Zigaretten an, sahen dem Zug nach. Einzelne Wortfetzen, Rufe, Lachen. Dann wieder heraus aus der Straßendichte, dem Häuserhaufen, in eine graue Fläche. Die Häuser blieben zurück, eine graue, blaue, verschwommene Linie. Davor Kohlenhalden, Holzstöße, Kisten und Laderampen, Hafenbecken, kreisende Kräne, Lastwagen, Kähne. Dann rückte die Stadt wieder zusammen, wurde enger und dichter, unter den Brücken, auf den Straßen eilten Menschen, Fahrzeuge, Straßenbahnen, entgegenkommende Züge. Der Zug hielt. Es war die zehnte Station.

Gollasch kam nicht. Dafür kam Merz. Gollasch war krank. Gollasch existierte nicht, gab es nicht, existierte doch, war krank, angeblich krank, überarbeitet, überanstrengt, Herz, Galle, Leber, Kreislauf. Kam nicht. Konnte nicht kommen. Wurde ersetzt, vertreten. MERZ. Merz bestellte Bier. Der Kellner trat an den Tisch, musterte Merz, musterte Georg. Bitte die Ausweise. Merz zwinkerte dem Kellner zu. Der Kellner zog sich zurück. Merz knöpfte den Rock auf, er rückte den Knoten seiner Krawatte zwischen die Kragenspitzen, beklopfte mit den Fingern die Rockaufschläge, räusperte sich, so einer lässt sein Parteiabzeichen in der Schublade. Merz hatte für den Treff ein weißes Hemd angezogen, seine Brust wölbte sich unter der gestärkten Bügelfalte. Merz hatte vermutlich eine, wie man sagt, häusliche Frau, die auf Ordnung hielt, auf Sauberkeit, das sah man doch gleich. Sie zankte mit Merz über die Löcher im Strumpf, über die schiefen Absätze, überhaupt die abgekauten Fingernägel, die Ränder, die verschwitzten Hemdkrägen, und Merz schwitzte oft. Mein Mann ist Beamter. Er hat einen anstrengenden Dienst. Das Ministerium weiß schon, was es an ihm hat, und er kann schließlich nicht herumlaufen wie ein Schwein.

Merz sprach von der Arbeiterklasse, war nicht in Buchenwald, schließlich können doch nicht alle hier, haha, schließlich können doch nicht alle bei uns in Buchenwald gesessen, ich meine natürlich, ich meine, gelitten haben. Merz war ganz vorne an der Front. Mittendrin in der Scheiße, wie er sagte. Und das Eiserne hab ich auch, aber glauben Sie mir, auch das war kein Pappenstiel. Redete und redete, während Georg gehen wollte, aber so bleiben Sie doch. Er hob beschwörend die Hände, die Manschetten fielen in die Rockärmel zurück, Merz trug einen Siegelring, eine Uhr ums Gelenk, Merz grinste, sagte, die ist vollautomatisch.

Der Kellner brachte das Bier. Er kassierte sofort. Das ist in Bahnhofsrestaurants so üblich. Merz warf ihm ein Trinkgeld dazu, das heißt, er ließ sich erst auf den Pfennig rausgeben, dann schob er zwei Groschen hin, nach einem Zögern einen Sechser dazu. Das höchste Ziel ist die klassenlose Gesellschaft, Merz sagte Prost, aber bis dahin ists noch ein weiter Weg, vor allem, Merz pfiff dem Kellner, muss jeder bei sich selbst anfangen, bringen Sie mal eine gute Zigarre. Nur so kann der Imperialismus zurückgedrängt werden. Die Frage des Friedens, der Kellner brachte die Zigarre, ist nicht nur eine von neunundneunzig, der Kellner zündete ein Streichholz an, Merz beugte sich vor, sondern die Frage aller Fragen. Der Kellner sagte, gute Weiterreise, die Herren, gute Weiterreise.

Merz kippte das Bier runter, er wischte sich mit dem Rücken der Hand den Schaum vom Mund. Er drehte das leere Bierglas in den Händen, er hatte die Zigarre ausgedrückt. Stattdessen holte er aus der Rocktasche eine Packung Zigaretten IT'S A WONDERFUL LIFE, sah Georg erschrocken an, lächelte, holte aus der anderen Rocktasche eine andere Packung. Georg nahm eine Zigarette. Merz legte die Zigarette wieder weg, Merz nahm eine Zigarette. Sie saßen sich mit den Zigaretten im Mund gegenüber, in der Mitte des Tisches, über Merzens Hand, flammte das Feuerzeug auf, der Rauch ging an beiden vorbei.

Das Restaurant war wie alle Bahnhofsgaststätten. Dunkel und muffig, verräucherte Wände, kleine Fenster, kleine schwarze, vergitterte Löcher, durch die kaum Licht kam. Neben den Tischen, den Stühlen abgelagertes Gepäck, Taschen, Netze und Koffer. Familien saßen um Tische, kleine, schreiende Kinder, an einzelnen Tischen einzelne Männer, Soldaten zu dritt, zu fünft, auch in größeren Gruppen, einzeln. Warten auf eine Lautsprecherdurchsage, die Zeitung zum dritten Mal lesen, wieder eine Zigarette, ein Bier, eine Tasse Kaffee. Die Beine lang strecken, die Arme über dem Tisch kreuzen, den Kopf in die Hände stützen, ein begonnenes Gespräch wieder abbrechen.

Wer aber war Merz? Faßbinder hatte Gollasch genau beschrieben. Gollasch war groß und schwer, Gollasch war alt. Dieser war weder groß noch schwer, dieser war jung. Wer aber war Merz? Hatte er das Treffen erspitzelt? Warum hatte er versucht, sich als Gollasch auszugeben? War Merz von DRÜBEN? War Merz von HÜBEN? Was hatte er vor? Georg dachte an die Zigarettenpackung, an das eigenartige Gerede, an sein Verhalten. Es machte ihn neugierig. Georg beobachtete Merz, dachte nach, während jener redete. Über ihnen einfahrende, auslaufende Züge, weit weg die Stimme des Ansagers. Haben Sie Anschluss, begrüßen wir Sie in der HAUPTSTADT DER DEUTSCHEN, dann Uhrzeiten, Möglichkeiten, hier wegzukommen, zu bleiben, das Ziel zu erreichen. Türen schlugen zu, eilende, trappelnde Schritte, sich einigeln, sich tarnen, sich in den Nebel verkriechen, warten.

Aus den Stimmen um Georg, den Geräuschen, kam Merzens Stimme, sein Gesicht kam groß auf Georg zu, wurde undeutlich hinter der blauen Zigarettenwolke. Man interessiert sich schließlich, sagte Merz. Was die Leute bei Ihnen denken und reden. Wie sie auf uns reagieren. Was ihnen gefällt. Was sie verdienen. Was bereden Sie mit Ihren Freunden, Bekannten. Welche Stellung haben Ihre Freunde, Bekannten. Wer sind Ihre Freunde, Bekannten. Merz beugte sich über den Tisch, flüsterte, starrte Georg an, abwartend, lauernd, Georg drückte die angerauchte Zigarette aus. Also doch einer von uns, dachte Georg, will mal testen, will was erfahren. Also doch einer von hier, dachte Georg, will mal testen, will was erfahren. Mit wem bekannt, mit wem verwandt. Bin bekannt mit Rumpelstilzchen, verkehre mit der Witwe Bolte, geh nachts in den Wald zu den sieben Geißlein, trage der Froschkönigin meine Wünsche vor, werfe dem Kuckuck ein Nest unters Ei. Bin verwandt mit Schneewittchen, dem Nikolaus rühr ich die schwarze Tinte an, dem Wolf putz ich die Schuh, ich reite durchs biblische Land. Georg schüttelte den Kopf, der Kellner kam an den Tisch, lächelte Merz zu, dessen Gesicht ganz nah bei Georg war. Sie wollen also Stimmungsberichte?, fragte er.

Da lehnte sich Merz wie erschöpft zurück. Er warf die Zigarette auf den Boden und trat sie aus. Georg stand auf. Merz lief ihm nach, bot sich Georg an, wenn Sie mal etwas brauchen sollten, so rufen Sie ungeniert an. Die Nummer finden sie im Telefonbuch, Emm wie Mord, wie Mond wie März mit e. Merz verbeugte sich, hatte es eilig, hatte es plötzlich eilig, Georg folgte ihm auf die Straße, er sah Merz in ein Auto steigen. Ehe Georg das Nummernschild erkennen konnte, war Merz davongefahren.

8

Am Nachmittag desselben Tages bildeten Soldaten um Steinstücken eine Kette. Sie standen an der roten Brücke, die Querstraße entlang, besetzten die Böschungen zur Bahn hinunter, den Verbindungsweg, den Wald, die Grenzgärten, die Kreuzung. Sie standen in gleichmäßigen Abständen, einzeln, zu zweit und in Gruppen. Sie führten Hunde mit sich. Weißer Rauch aus einzelnen Kaminen, das verknorpelte Geäst darüber, der dämmerrote Himmel, aus dem Gras das Geström des Nebels.

Kommandos wurden gerufen. Einrichten für die Nacht, die Nacht wird regnerisch sein, kalt, vielleicht sogar frostig. Gräben ausheben, versuchen, mit der Nacht in die Dunkelheit zu tauchen, hinter Baumstämmen, aufgeworfenen Erdbergen, gefällten Laubhügeln. Zweige in den

Gürtel stecken, um den Helm, runterziehen vors Gesicht, das Fernglas auf den Schatten ansetzen, die Straße abgehen, die Hauseingänge, die Zäune und Gärten, die Wände und Dächer. Die Stiefel mit Lappen umbinden, den Boden mit den Fingerkuppen berühren, jeden Stein abtasten, dann möglichst nahe heran. Das Gewehr entsichern, den Mann decken, seitwärts, jedem Geräusch den Anschein des Zufalls geben. Jeden Laut prüfen, jede Unachtsamkeit. Das Gebell eines Hundes, das Aufheulen eines Motors.

Die Meldung war dem Offizier durchgegeben worden. Das Getrappel der Stiefel drang bis in den letzten Winkel Steinstückens. Der Soldat lief zu dem Mast, an dem das Gerät montiert war. Der Soldat sprach korrekt durch, so wie er es gelernt hatte. Braune Jacke, schwarze Halbschuhe, groß, etwa fünfzig, vielleicht auch älter, keine Krawatte, lichtes Haar, Farbe unbekannt, wie bitte, nein, Augenfarbe ebenfalls unbekannt, kein Brillenträger, etwa fünfzig, jawohl, vielleicht auch älter.

Der Mann war aus Richtung Babelsberg gekommen. Er war ungehindert durch die Ausweiskontrolle gekommen, hatte die Sperren passiert, war den Streifen entgangen, war weitergekommen, über die Straße, über die helllichte Straße bis zu den Schildern AMERIKANISCHER SEKTOR, als ihn das Aufgellen einer Trillerpfeife einfing. Er blieb erschrocken stehen, er blieb wie angewurzelt stehen, eine Stimme befahl ihm, die Hände hochzunehmen, stehen zu bleiben, sich nicht zu rühren, Schritte holten ihn ein, die Soldaten umringten ihn. Ihre Blicke zersägten und zerschnitten den Gestellten. Sie ließen ihn die Arme herunternehmen, sie fragten ihn aus, der Mann versprach sich, der Mann verwickelte sich in Widersprüche, er kannte sich nicht aus. Als die Soldaten seine Kleider abtasteten, Rock und Hose, als sie sich an seinen Taschen zu schaffen machten, brach der Mann aus, er lief auf die andere Straßenseite, überrannte das kurze Stück bis zu den Zäunen, sprang, blieb liegen, zitternd und atemlos, rührte sich nicht. Von der anderen Seite Rufe und Warnungen, schnelle, aufgeregte Schritte. Aber sie schossen nicht. Sie kamen nicht. Sie blieben. Die Schilder hielten sie in Schach. Das alles geschah in Sekunden. Danach gab der Soldat die Meldung durch. Dann zogen sie die Kette.

Georg kam durch das Tor zurück. Er fühlte sich Merz entgangen, war einen Umweg gegangen, weg vom Bahnhof, weg aus dem Restaurant, von dem schmierigen, lächelnden Kellner, der so etwas wie ein Komplize war. Georg unterlief die roten Fahnentücher, unterlief Hammer und Sichel, unterlief Schwarzrotgold, unterlief Hammer und Zirkel und Ährenkranz, unterlief das EMBLEM. Die Posten ließen ihn passieren, sie winkten von Weitem mit der Hand, winkten, schnell zu gehen und nicht stehen zu bleiben. Die Straße lief schnurgerade auf den Turm zu, der goldene Sieg stand auf einem Bein. Spaziergänger und Touristen standen planlos herum. Einige mit Ferngläsern, durch die sie nach DRÜBEN schauten. Aufmerksame, geschäftige Polizisten patrouillierten, gaben Anweisung und Auskunft und Unterricht, erklärten, erläuterten, wiesen an, erteilten Ratschläge. Georg ging an allem vorbei, ohne aufzusehen. Die neugierigen Blicke fielen an ihm ab. Ihn interessierte Merz. Seine Gedanken kreisten um Merz. War er ihm gefolgt? Kam er nach? Die Straße nach, durch den Park mit dem braun gewordenen Rasen, kam er über die nassen, sandigen Wege, folgte er ihm über den Kanal? Ohne es zu wollen, blickte er sich nach Merz um. Ohne es zu wollen, beschleunigte er seine Schritte, ging Umwege und schlug Haken wie ein von Hunden gehetztes Wild. Und je schneller er ging, je länger er über das Treffen nachdachte, je mehr er sich von der Vorstellung überrennen ließ, in eine Falle geraten zu sein, umso mehr sah er in jedem und allem den Verfolger.

Zum ersten Mal seit seiner Ankunft verspürte Georg Unruhe und Angst. Was ihn bisher nur neugierig gemacht hatte, bekam plötzlich etwas Gefahrvolles. Alles, was er zunächst halb belustigt, halb erstaunt im Zusammenhang mit dem sah, was sein bisheriges Leben bestimmt hatte, die Vergleiche der Menschen in Steinstücken mit denen der kleinen Stadt, ihre Gewohnheiten, ihre Ansichten, ihr Handeln und Versagen, ihre Unfähigkeit, ihrem Leben so etwas wie einen Sinn zu geben, über Egoismus und Nützlichkeit hinaus, ihre Kapitulation vor starren Begriffen wie Schicksal oder Gott oder Staat oder Polizei, ihre blinden Augen und lahmen Gedanken, ihre Irrtümer und Niederlagen, das alles fühlte Georg in sich selbst aufkommen, eine Gefahr, die ihn vor einen Abgrund stellte, der unüberbrückbar schien. Er stand nicht außerhalb. Er war in den Kreis mit einbezogen, und es bedurfte übermenschlicher Anstrengungen, ihm zu entgehen. Was aber hatte Georg aus Traum und Schlaf geschreckt? Merz? Oder Faßbinder selbst? Oder war es das Äußerste, das die Existenz Steinstückens offenbarte? Wenn er aber nun aufgeschreckt wurde, um den teuflischen Kreis von Irrtümern und Verwicklungen zu erkennen, wer hatte ihn dann eingeschläfert? War es das verbitterte, lieblose Gesicht seiner Mutter, die resignierte Alltäglichkeit des Vaters, war es der Hass seiner Lehrer oder die anzügliche Arroganz des Kaplans, der vorgab, dass alles so und nicht anders seine Ordnung habe, dass das Leid einen Platz in der Welt einzunehmen habe und dass darum Leid erzeugt werden müsse? War Merz die Ausgeburt dieser Ordnung, deren Hütern jedes Mittel recht war, um einen Leichnam auszustaffieren und um ihm den Anschein von Leben zu geben?

Georg durchschritt Straße um Straße. Kinder liefen ihm schreiend entgegen. Sie warfen ihre Schultaschen in die Luft und in hohem Bogen über vorbeifahrende Autos. Sie riefen hinter Georg her, sie trennten sich an den Ecken, ihr Geschrei kam aus Fenstern und Hauseingängen, kam von Wänden, aus Höfen, Mülltonnen und Vogelnestern. Das Geschrei brach ab. Die Straßen starben. Die Häuser erstarrten zu Ruinen. Endlose Stille. Endlose Verlassenheit.

Um die Mittagszeit betrat Georg ein Schnellrestaurant. Er stellte sich nach einem Teller Suppe an, trug ihn an einen der Stehtische und beobachtete im Spiegel die Köche, die über den Töpfen lümmelten. Sie kauten von dem Gekochten, sie hielten dabei die Kelle vor die Bäuche, probierten und schmatzten mit den Lippen, sie legten den Kopf genießerisch zurück und stießen dabei mit den weißen Hutröhren an die staubigen Kugellampen. Um Georg schlürfende, kaum aufblickende, jammervoll essende Gäste. Wieder meinte Georg, Merz zu sehen, in abenteuerlicher Verkleidung unter den Umstehenden, vielleicht der da mit Bart und dunkler Brille und Krückstock, vielleicht der mit den drei Punkten am Arm, vielleicht der Kellner, der im Nebenraum an den Tischen bediente. Alles aber war Trug. Merz foppte ihn. Georg entschloss sich zurückzugehen. Er wollte Merz suchen, er wollte seine Nummer im Telefonbuch suchen, er wollte ihn stellen, er wollte ihm die Meinung sagen, er wollte herausfinden, warum Gollasch nicht gekommen war. Und während Georg bereits auf dem Weg war, während er die Straßen zurücklief, während er seinen Entschluss widerrief und sich erneut auf den Weg machte, kam ein Betrunkener an seinen Tisch und stieß mit dem Ellbogen den Teller auf den Boden. Entsetzt sah Georg auf. Mit dem Klirren und Zerbrechen brach das Gelächter aus. Die Esser sahen von ihren Tellern herüber, sie wandten sich Georg zu, sie hielten sich den Bauch vor Lachen, während Kellner und Köche gelaufen kamen und schimpfend auf Georg einredeten. Das müssen Sie sofort bezahlen, riefen sie, drohten sie, melden Sie sich an der Kasse. Georg blickte um sich, die Köpfe drehten sich weg, den Tellern zu, eine Zeit lang blieb es ruhig, Georgs Stimme allein laut und deutlich, irgendwo schepperte ein Löffel, Georg fühlte, wie sein Gesicht brannte, er rieb den Finger unter die Nase DAS MUSST DU DIR ABGEWÖHNEN, ein schwarz gekleideter Mann kam auf ihn zu, kommen Sie mit, junger Freund, aber die Kellner sagten doch, ich soll mich an der Kasse melden, kommen Sie sofort mit, machen Sie keine Schwierigkeiten. Georg legte das Geld auf den Tisch, dafür können sie sich zehn neue Teller kaufen, dachte er, es ist eine Unverschämtheit. Der Mann lächelte, kann ja mal vorkommen, hoffentlich hat es Ihnen bei uns gefallen. Jawohl, sagte Georg, ihre Suppe schmeckte ausgezeichnet und ihre Betrunkenen sind außerordentlich charmant. Er ging schnell auf den Ausgang zu. Erst jetzt bemerkte er den Biergeruch, den kalten Tabakrauch, die gehäufte Asche auf den Tellern, das gelbweiße Licht unter der Glasdecke, die Fliegen am Fenster, den singenden Mann am Tresen. Die sich um diese Zeit belebende Straße verschluckte ihn.

Gollasch wollte sich vor seiner Flucht mit Faßbinder aussprechen. Er bat ihn um ein Treffen. Aber der Brief, den Faßbinder an Gollasch gesandt hatte, kam nicht an. Stattdessen erhielt Gollasch Besuch. Zwei Männer, die erst vor wenigen Wochen mit ihren Familien ins Haus gezogen waren und sicherlich nicht nur die Aufgabe hatten, an Feiertagen darauf zu achten, dass überall geflaggt wurde, wollten mit Gollasch reden. Gollasch aber hatte nichts zu reden. Die Männer waren ihm fremd. Und weil Faßbinder nicht antwortete, weil in der Straße einer nach dem andern wegging und nicht zurückkehrte, weil die kleinen Lädchen eins nach dem andern geschlossen blieben, weil es weit und breit nur noch einen einzigen Zahnarzt gab, weil er davon hörte, dass man die Grenze schließen wollte, gab Gollasch alle vernünftigen Überlegungen auf und packte in panischer Eile eine kleine Tasche mit dem Notwendigsten. Noch während der Nacht, in Nebel und Dunkelheit, fuhr er mit der müde zockelnden Straßenbahn zum Hauptbahnhof, um den D-Zug nach Potsdam zu nehmen. Der Zug hatte nur drei Wagen. Der Zug war überfüllt. Familien mit kleinen Kindern und Gepäck, als wollten sie eine Weltreise machen. Vielleicht war es so. Aber wozu um Himmels willen nimmt man dann Fernsehapparate und Schreibmaschinen und Koffer und Koffer und Koffer mit? Unter ihnen Soldaten mit Gesichtern, als wollten sie den ganzen Zug verhaften lassen. Auch sprachen sie offen die Absicht ihrer Mitreisenden aus. Diese aber schwiegen. Dann verließ der Zug das Riesengewölbe des Bahnhofs. Der Rauch der Lokomotive zerflatterte. Unter den Dächern der Bahnsteige hockten Männer auf Gerüsten, blaue Schweißerlichter, Funken sprühten herab. Bald die letzten Reklamen, bald die letzten erleuchteten Fenster. Dann die weiten, weiten Ebenen.

Der Platz, den Georg am Nachmittag betrat, war eine graue, regennasse Steinfläche. Um ihn herum verschwammen die Konturen der Stadt. Der Rathausturm, die Brücke mit den Kandelabern, der Klotz des Domes, seine grüne, kolossale Kuppel. Undeutliche, schmutzige Farbstreifen wiesen auf Einteilungen hin. Quadrate, Rechtecke, Dreiecke, Kreise, Wendepunkte. Der Platz war leer, ein Spiegelparkett, das niemand zu betreten wagte. Zwischen den Steinen kleine Grasbüschel. Gelbe Blätter flogen umher, Papierfetzen, zerrissene Zeitungen, leere Zigarettenschachteln. An der Längsseite eine Betontribüne, aus Trotz gebaut. Georg ging auf das Telefonhäuschen in der Mitte des Platzes zu. Seine Schritte wuchsen, je näher er kam. Er ruderte über den Platz. Er saß wie in einem Boot, das gegen den Wind kämpfen musste, bis er auf einer Drehscheibe stand, einer schräg abfallenden, sich drehenden Ebene, einer Teufelsbahn, die jeden hinausschleudert, der in die Nähe ihrer Peripherie gerät. Wo sollte man einen Halt finden? Die Lampen schienen unwirklich weit entfernt, die Geräusche der Stadt verstummt. Vor der Tribüne, an den Pfeilern der Brücke und vor den Stufen des Domes waren Plakatwände aufgestellt. Sechstagerennen, stand da, Sinfoniekonzert, ein Abend im Freien, ein Abend im Schloss, bei Kerzenlicht und Plüsch, bei anspruchsvollem Getöne. Freizeit gestalten, Lesemappe halten. Frieden, stand da, und Sieg. Eine Taube, wessen Taube? Blausäuretod für vierzigtausend. Eine blaue, rote, weiße, schmalfüßige, hellbrüstige, lieber Vogel, fliege weiter, nimm einen Gruß mit, einen Kuss. Komm zu uns, lächelte das Mädchen, komm zu mir, wir spielen Pingpong, wir spielen Sacklaufen, und hinterher unterhalten wir uns übern Sozialismus. Zwei Arme, zwei Hände, vier Arme, vier Hände, die einander umfassen, die einen Zweig halten. Das ist der Frieden, flüsterte das Mädchen, der große, immerwährende Frieden. Das ist Christus, flüsterte Kaplan Quellbach, der ewige Frieden. Das ist der Sieg nach dem letzten Gefecht. Wer opfert sich freiwillig? Komm zu uns, lockte das Mädchen, wir spielen Mensch-ärgere-dich-nicht. Ein weißer Pilz, darunter der Kopf eines Soldaten. Der standhafte Pilzsoldat beim letzten Gefecht. Kolonnen formierten sich. Panzer rasselten vorbei. Singende Männer und Frauen, die Transparente trugen, Kosmonauten, die Sprüche riefen. Geschützlafetten, Soldaten in glitzernder Paradeuniform, Turner und Eishockeyspieler, Fabrikarbeiter und Professoren, der Schellenbaum, das singende, klingende Feuerwehrspiel. Heraus zum Eishockeytag. Heraus zum Feuerwehrtag. Ernste, gleichgültige, traurige Gesichter. Die Tribüne hatte sich gefüllt. Die Menschen erhoben sich gleichzeitig von ihren Plätzen, wenn der Lautsprecher eine Zahl durchgab oder einen Namen nannte. Die Menschen setzten sich gleichzeitig wieder hin. Eine schwarze Mauer Menschen, eine aufgezogene Schnur weißer Eintagsgesichter. Es hatte zu regnen begonnen, der Regen prasselte stärker und stärker gegen die Drahtscheiben des Telefonhäuschens. Die bunten Plakate, die Schreie und Aufmarschierer waren entkommen. Georg hielt den Hörer in der Hand, er hastete die Seiten des Telefonbuches um, suchte Emm, den Buchstaben Emm, fand Jott und Ka und Ell, dann Emm, Emm wie Emmentaler, wie Emma, Emm wie Mond, wie Mord, Emm wie März, der helle kalte Schnee im März. Die Kinder standen neben ihren Bänken, sie hatten die Hände an die Hosennaht genommen, die dünnen Arme des Lehrers schwebten über ihren Köpfen. Sie starrten auf den weit geöffneten runden Mund des Lehrers IM MÄRZEN DER BAUER, fürchteten sich vor dem Klassenbuch, vor den langen, kreisenden, befehlenden Armen DIE RÖSSLEIN ANSPANNT, übten stimmhaftes MM, summten MM wie Mond und Mord und März. Den Namen gabs nur einmal, der kommt nie wieder, März mit E und mit Vornamen Edgar, achdulie-bezeit, Edgar, wie kann man nur Edgar heißen, und einen Beruf hatte der im Telefonbuch nicht. Die Geldstücke fielen in den schwarzen Kasten, gaben keine Ruhe, fielen und fielen, in die dunkle Erde, in die tiefe dunkle Erde. Das Zeichen ertönte, das Signal, Georg drehte das Rad, das blanke, abgegriffene Rad, wer hat noch nicht, wer will noch mal, hier drehen Sie das große Los, sechs Zahlen sind Ihr großes Glück, wählen Sie vierzehn, wählen Sie achtzehn, wählen Sie dreiunddreißig. Dreiunddreißig, das große Glückslos, dreiunddreißig, das große Geschäft. Fragen Sie Krupp, fragen Sie Stinnes, fragen Sie die Herren von der IG Farben. Georg drehte vierzehn achtzehn drei-unddreißig, das Zeichen ertönte, das Signal. Er presste den Hörer ans Ohr, er begann zu zittern, als sich am anderen Ende eine weibliche Stimme meldete. Die Stimme nannte keinen Namen, sagte nur Ja und Hallo, Georg meldete sich, nannte keinen Namen, fragte nach Merz, nach Herrn Merz. Bitte Herrn Merz, rief er, bitte verbinden Sie mich mit Herrn Merz. Ich hatte heute Morgen eine Verabre-dung mit Herrn Merz, ich sollte ihn wieder anrufen. Und als es am anderen Ende still blieb, rief er bestürzt: Ver-stehen Sie mich? Erst jetzt antwortete die Frau, es waren kleine, leise Worte. Das muss ein Irrtum sein, sagte sie, mein Mann ist seit zwei Jahren tot. Georg stockte, er ant-wortete nicht mehr, er hörte, wie die Frau auflegte, hängte ein, drehte sich der Tür zu, nahm noch einmal das Tele-fonbuch, suchte noch einmal M, las nur einmal Merz, mit Vornamen Edgar, ohne Beruf.

Als Georg die Schranke nach Steinstücken passierte, war es bereits dunkel. Er bemerkte Augen in den Büschen, abgeblendete, lauernde Augen, dahinter ein Geräusch, Flüstern, wieder Ruhe, Zweige knackten, wieder Ruhe, die Lichter wurden gelöscht. Georg stellte sich an den Rand des Weges, er knöpfte die Hose auf, als er dabei war, sprang vor ihm ein Mensch aus dem Gebüsch, der Mensch hatte Uniform, kam auf Georg zu, fluchte, so eine Schweinerei, kann ich doch nicht riechen, dass du da pennst. Der Soldat sprang wieder in das Laub, verschwand wieder, Georg, zitternd vor Schreck, machte zu Ende. Nick überholte ihn auf dem Motorrad, hielt an, schob die Brille unter das Haar, brüllte gegen den Lärm des Motors an. Georg saß auf, Nick gab Gas, der Lichtwurf des Scheinwerfers fiel auf die Baummauer unter dem schwarzen Tuch des Himmels. Überall standen Soldaten, Georg presste die Beine gegen die Satteltaschen und klammerte sich mit den Händen an Nicks Jacke. Sie fuhren über die rote Brücke ins Dorf, das letzte Stück gleitend, ohne das Geknatter des Motors. Das kommt hier öfters vor, sagte Nick, während er das Motorrad von der Straße schob. Das Dorf wird umstellt. Sie warten, bis er zurückkommt. Nick hatte die Brille über den Kopf gezogen, ließ sie in der Hand baumeln, ging voraus, durch den Garten, auf das Haus zu. Georg folgte ihm. Nick schloss auf, machte Licht, sie standen in Nicks Wohnraum.

Einmal kam eine Frau rüber, die jammerte und flehte, wir sollten ihr helfen. Stopften ihr schließlich ein Kissen unter den Rock und schlugen den Feuermelder ein. Der Feuerwehrwagen kam. Sie kamen gleich mit sechzehn Mann, luden die Frau auf, stellten sie in die Schläuche, fuhren den Weg zurück und, was soll ich Ihnen sagen, kamen nicht durch. An der Schranke waren sie gleich ein bisschen komisch, als die Feuerwehr so plötzlich nach Steinstücken wollte. Jedenfalls zogen sie die Frau aus ihrem Versteck hervor, fassten ihr unter den Rock und holten das Kissen heraus. Ist doch lästig so ein Balg, sagten sie. Außerdem war sie viel zu alt dazu. Sie nahmen die Frau untern Arm, schubsten sie ziemlich unsanft auf einen Lastwagen und brachten sie weg. Wir haben es mit einem andern versucht. Den steckten wir in den Bauch vom Müllwagen. Es muss ja ziemlich gestunken haben, aber dem wars egal. Mich hätten sie jedenfalls nicht da reingekriegt. Auch den haben sie erwischt. Sie zogen ihn aus dem Dreck, er musste die Arme über den Kopf nehmen. Seither kommt kein Müllwagen mehr durch. Ein andermal holten sie einen aus Pluskows Schuppen. Der hatte es sich da gerade bequem gemacht, futterte von den Rosinen, die da kistenweise herumstanden. So viele Rosinen hatte der bestimmt noch nie gesehen. Also wegen dem kamen die einfach ins Dorf. Wir haben natürlich protestiert. Aber was nützt es? Sie hatten Waffen, waren ziemlich finster und eilig, durchstöberten alles, fanden den armen Hund natürlich. Die alte Lobin hat in der Nacht ihren ersten Schlaganfall gehabt, und die Katharina, na, was die mit der Katharina gemacht haben sollen. Aber das ist sicher ein übles Gerede, denn die ganze Aktion hat vielleicht fünf Minuten gedauert.

Nick stand am Herd, schlug bei dem Geschwätz vier Eier hintereinander in die Pfanne, warf die leeren Schalen in einen Karton, sprang zurück vor dem sprühenden Fett, zerrieb das Salz und streute es in die gelben, glasigen Augen, die ihn aus der Pfanne anglotzten. Georg saß in einem der drei Sessel, die um einen Holztisch gruppiert waren. Er hielt das Glas in der Hand, das ihm Nick angeboten hatte. Der Wein war sauer, Georg machte eine Grimasse. Wie der über solche Dinge redet. Neben dem Herd, unter einem schrägen Fenster, stand eine Staffelei. Sie war leer, stand nur da. Nick schüttelte die Pfanne über der Gasflamme, er ließ die gebackenen Eier auf zwei mit Fett bestrichene Brotscheiben fallen, setzte sich Georg gegenüber, zerschnitt Eier und Brot in würfelgroße Stücke, steckte sie mit seinen langen, knochigen Fingern nach und nach in den Mund, kaute nicht lange, schluckte heftig mit vorgeschobenem Hals. Danach brachte Nick seine Bilder. Er brachte eins nach dem andern, stellte sie vor Georgs Füße, stellte sie nebeneinander, stellte sie übereinander, stellte sie auf Stühle, auf den Tisch, legte sie auf den Fußboden, holte Kisten herbei, Schemel und Hocker, stellte Bilder auf Kisten und Schemel und Hocker, legte die Bilder aufs Bett, schob Vorhänge beiseite, holte neue Bilder, immer wieder, immer mehr neue Bilder. Gelbe und rosa Unterwäsche, braune, gestopfte Strümpfe, die auf der Leine zum Trocknen hingen. Dächer mit blauen Kiefern davor. Einen violetten Himmel. Eine Landschaft in Gelb. Ein schwarzer Engel, der auf einer roten Fidel spielt. Auf dem Kopf stehende Häuser. Halbfertige Häuser. Häuser ohne Fundamente. Ohne Dächer. Großbaustellen in Öl. Steine und Maurer. Maurer, Steine klopfend. Maurer, Steine tragend. Maurer, Zement anrührend. Eine rotierende Betonmischmaschine. Ein silberner Kran mit einem blauen Kasten davor. Auf diesem Bild war der Himmel weiß. Leitern, kletternde Steinträger. Bierflaschen auf hohen Stegen. Fallende, stürzende Wände. Ein Maler, der unter seiner Staffelei begraben liegt. Und während Nick Bilder zeigte und Bilder holte, während Nick deutete und aufmerksam machte, erzählte er Geschichte auf Geschichte, zum Beispiel diese.

Seit zehn Jahren lebe ich hier allein und male. Daran ist nur der verdammte Köter schuld. Eines Tages hatte ich eine Frau von DRÜBEN hier, mit der machte ich in Liebe, so gut es damals noch ging, in meinem Alter, wo denken Sie hin? Sie war nicht schlecht, aber jedes Mal jaulte der Hund. Dann war die Frau ganz außer sich. Sie war geradezu verrückt nach dem Hund. Sie kraulte ihn und streichelte und küsste ihn. Jesus, rief sie, hat man je ein so hübsches, entzückendes Hundchen gesehen. Komm her, dadada, rief sie, und wo ist er denn, dadada. Bis ich ihr sagte, liebe Frau, sagte ich ihr, der Hund ist nur so hübsch, weil er eine Schratschnauze hat, die Kinnbacken passen nicht mehr aufeinander, er kam fünfundvierzig unter einen sowjetischen Panzer. Seither muss er gefüttert werden. Ach, das arme Tier, o Gott, das arme, arme Tierchen, rief die Frau, dass es so viel Elend auf der bösen Welt gibt. Du armes Hundchen, jetzt weiß die Tante auch, warum du immer so traurig guckst. Aber der Hund kann gar nicht sehen, er ist blind, sage ich, blind wie die Nacht, und er bellt meine Bilder an, er bellt den halben Tag, er bellt mich an, er reißt mir die Beine weg, wenn ich ihm den Fraß zurechtmache. Der Hund ist blind und tollpatschig, ein Unvieh. Er muss nicht nur gefüttert werden, er muss auch in den Schlaf gesungen werden, er muss in seine Ecke getragen werden und er muss was weiß ich nicht alles noch. Was aber passiert? Die Frau nimmt den Hund und rennt davon. Ich weiß nicht, was aus dem Hund geworden ist.

Nick stand inmitten seiner Bilder, von der anderen Straßenseite warfen sie Scheinwerfer an. Der Wagen stand zwischen den Bäumen gegenüber der Querstraße. Die Lichter waren aufgeblendet, sie huschten über die Straße nach Steinstücken, sie erhellten jeden Winkel. Nick und Georg gingen ans Fenster, vor ihnen lag die helle, leere Straße, drüben der Schatten zwischen den Bäumen, die Soldaten, das Gewehr in der Hand, duckten sich zu beiden Seiten des Wagens. Ein Motorrad durchfuhr die Querstraße, hielt vor den Scheinwerfern, die Lichtbahnen kreuzten sich, ein Kommando wurde gegeben, der Motorlärm brach ab, kam wieder auf, verebbte auf der anderen Seite der Bahnlinie. Das Fahrzeug blendete ab, die Straße, das Dorf lagen im Dunkeln. Im gleichen Augenblick überfiel die Stimme des Lautsprechers das Dorf. Die Stimme kam langsam und hallend über die Dächer. Die Stimme ging über die Höfe, drang in die kalten Gärten ein, durchfuhr wie ein Wind die Ställe. Niemand ging auf die Straße, kein Fenster war erleuchtet. Niemand war herübergekommen. Niemand würde zurückkehren können. Die Worte des Lautsprechers waren vergeblich gesprochen, sie galten niemandem. Wieder sprang das Licht über die Straße, wieder fielen die Stimmen ein. Steinstücken aber blieb ruhig, blieb lautlos, Steinstücken war leblos, war nicht da, war gestorben, war weggetaucht, war unter der Erde, hatte keine Antwort.

Georg wollte zu Faßbinder, aber Nick hielt ihn zurück. Jetzt nicht, noch nicht, vielleicht würden sie schießen, wenn Georg über die Straße ging. Sie warteten hinter dem Fenster, sie verfolgten die suchenden Scheinwerfer, sie lauschten der Stimme. Plötzlich Getrappel auf der Querstraße, das Licht brach ab, der Motor heulte auf, der Schatten zog sich zurück. Die Soldaten bewegten sich auf Steinstücken zu, blieben stehen, schlossen den Kreis, kamen noch nicht. Georg hörte Nick atmen, er verließ das Haus, ging über den Hof, durch den Garten, das Stück Straße, hastend, geduckt, ziemlich schnell. Faßbinder hatte Licht an.

9

Georg, das ist Gollasch. Gollasch saß klein und dunkel, in Decken und Kissen gehüllt, auf dem Bett in der Ecke des Zimmers. Das Licht fiel von ihm weg. Er hockte mit gekrümmtem Rücken, die Beine angezogen, den Kopf in die Hände gestützt. Ängstlich sah er hervor, als Georg auf ihn zukam, um ihm die Hand zu geben. So also war das. Während er sich mit Merz statt mit Gollasch getroffen hatte, war Gollasch geflohen. Sollte Georg von Merz erzählen? Konnte Faßbinder ahnen, dass statt Gollasch ein anderer gekommen war? Wer aber hatte dann den Brief abgefangen? War Merz ein Agent oder war er ein Lockspitzel? Für wen arbeitete Merz? Georg entschloss sich, von Merz nicht zu erzählen. Er war sich sogar ziemlich sicher, von Merz nicht zu erzählen. Man müsste abwarten, zumindest, bis diese heikle Situation überstanden war. Wie aber wollten sie Gollasch wegschaffen? Faßbinder ging unruhig hin und her. Er ging mehrmals hinaus auf die Straße. Wenn er zurückkam, schüttelte er mit dem Kopf, als spräche er mit Gollasch eine geheime Sprache. Als sie draußen auf der Straße das Fahrzeug vorbeifahren hörten, erschrak Faßbinder. Er löschte das Licht. Georg kaute an den Fingernägeln. Faßbinder ging ans Fenster und lauschte auf die anschwellenden, sich nähernden Schritte. Sie kommen, flüsterte er. Bald darauf heftiges

Klopfen an der Tür. Eine Stimme. Aufmachen. Sofort aufmachen. Faßbinder schien einen Augenblick wie versteinert, sein Schatten war groß an der Wand. Dann hob Faßbinder die Hand, er gab ein Zeichen in die dunkle Ecke. Gollasch versank in den Kissenbergen, Georg setzte sich davor. Faßbinder tappte durch den Flur. Er öffnete. Stimmen. Gewirr von Stimmen. Dazwischen Faßbinders Protest. Zwei Soldaten. Drei. Vier. Ein Offizier. Zwei Offiziere. Das ist ein Angriff, rief Faßbinder. Sie haben hier nichts verloren. Sie haben nichts zu suchen, nichts in Steinstücken, nichts in meinem Haus. Die Soldaten schoben, Gewehr in der Hand, Faßbinder beiseite, sie antworteten heftig, durchsuchten Flur und Küche, zwei gingen, Gewehr in der Hand, die Treppe hinauf in Georgs Zimmer, zwei, drei kamen durch die Küche, den Flur, sahen Georg auf dem Bett, halb sitzend, halb liegend, sahen nicht unter das Bett, nicht unter die Decke. Riefen nach Faßbinder, gingen wieder durch den Flur nach draußen, nahmen, Gewehr in der Hand, Faßbinder in die Mitte, nahmen ihn mit ums Haus, auf den Speicher, hinter den Holzstoß, in den Garten, kamen, Gewehr in der Hand, zurück, stiegen in den Keller, leuchteten jeden Winkel aus, jede Ecke. Dann zurück auf den Hof, Treppenpoltern, Stapfen, Atmen. Über den Zaun, auf den Weg, die Straße, Katzen und Schatten, dazwischen aufleuchtende Taschenlampen, Büsche teilten sich, Katzen und Schatten, das ängstliche Weinen eines Kindes, Hundegebell. Faßbinder ging ins Haus zurück, verschloss und verriegelte. Er kam ins Zimmer, lächelte Georg und Gollasch zu, ging wieder auf und ab, ohne ein Wort zu sagen, ging quer durch den Raum, vom Fenster zur Uhr und von da zum Herd, ging hinaus auf den Flur, kam durch die Küche zurück, stieg dann die Treppe hinab in den Keller. Er ging wie jemand, der ein Verbrechen plant und nicht weiß, ob ein Zweiter und Dritter eingeweiht werden müsste, der alle Schatten- und Lichtseiten vor sich sieht, nur das Ende nicht. Der gedrängt und getrieben wird, der unter einem Zwang steht, weil er einen winzigen Schritt schon getan hat, und von dem man erwartet, dass er das Ende findet. Faßbinder kam die Treppe heraufgepoltert, in der Hand eine brennende Kerze. Er stellte die Kerze auf den Tisch, setzte sich zu Gollasch und Georg und begann zu sprechen, leise und eindringlich, bis in die Nacht.

Zuerst kam der Arzt, ein greiser, gebückter, allgemein angesehener Mann aus Stolpe. Wenig später fuhr der Leichenwagen der Firma PAX vor, der übliche schwarze Wagen mit großen Fensterscheiben und weißen Papierblumen. Da der Sarg nicht durch die Windungen des Flurs ging, vor allem würde man nicht an der Treppe vorbeikommen, hob man ihn durch das Fenster in Faßbinders Zimmer. Georg hatte einmal etwas Ähnliches erlebt. In Gindorf an der Erft wohnte einer seiner Vorfahren väterlicherseits, ein Onkel namens Anton Hindenburg. Onkel Anton wurde sechsundneunzig Jahre alt und starb im ersten Nachkriegswinter an einem fürchterlichen Husten. Sein einst bedeutender Hof war durch Alter und Krieg völlig heruntergewirtschaftet. Felder und Weiden waren an einen Herrn Neubauer verpachtet, ein zynischer Rechner, der zur Überraschung aller Verwandten von Anton Hindenburg zum alleinigen Erben bestimmt worden war. Diese aber ahnten am sechsten Februar, dem Tag des Begräbnisses, noch nichts davon und waren vollzählig in angemessener Trauer erschienen. Was Georg betraf, so ging es um ein Pappelwäldchen in der Nähe der Erftbrücke, das ihm Onkel Anton versprochen hatte. Dat jehört dich, Jung, hatte er immer gesagt. Doch ausgerechnet dieses Wäldchen hatte der Onkel, wie sich herausstellte, wenige Tage vor seinem Tode an die katholische Kirchengemeinde verschenkt, wie, das mag der liebe Himmel besser wissen. Sicher hatte der Onkel eine schwere Sünde abzuzahlen. Es war ein wertvolles Geschenk, denn die katholische Kirchengemeinde verkaufte das Wäldchen zehn Jahre später an die Braunkohlengrube, deren Schaufelbagger im Laufe der Zeit bis nach Gindorf vorgedrungen waren. Auch Onkel Anton wurde durch das Fenster auf den Leichenkarren gehoben, nur dass es ein richtiger, mit schwarzen Tüchern verhangener Karren war, der von einem Pferd gezogen wurde. Der Kutscher, ein ewig betrunkener Mensch, der im Zuchthaus gesessen haben soll, hatte über dem linken Auge eine unübersehbare Beule, die ebenso wie die Nase stets gerötet war. Onkel Antons schwerer Eichensarg, eine Seltenheit damals, wäre den Leichenträgern beinahe von der Fensterbank abgerutscht. Aber solche Dinge passieren immer nur beinahe. Außerdem war in dem Sarg eine wirkliche Leiche, während Faßbinder nur zum Schein gestorben war, auch war nicht der scheintote Faßbinder in den Sarg gelegt worden, sondern Gollasch.

In der Nacht hatte es zu schneien begonnen. Gegen Morgen hatte der Schnee blaue, wässrige Ränder. Von den Dächern und Bäumen rann das Wasser. Der Schnee bekam Löcher, schuhsohlengroße, tropfenrunde Löcher. Er zerlief, ehe die Sonne gelb über Steinstücken stand. Zu diesem Zeitpunkt war schon alles vorüber. Der Arzt hatte Faßbinders Tod bescheinigt, er hatte ihm einen schnellen, plötzlichen Herztod unterschrieben. SCHAFFEN UND

STREBEN, DAS WAR SEIN LEBEN. Der Arzt hatte den Kopf geschüttelt, er sagte nur immer, so etwas sei ihm in seiner ganzen Praxis noch nicht vorgekommen, worauf Faßbinder antwortete, auch er sei zum ersten Mal gestorben.

Gollasch sträubte sich zuerst. Es zeigte sich, dass er abergläubisch war. Auch schien ihm Faßbinders Aufopferung zu teuer. Erst als Faßbinder ihm klar gemacht hatte, dass dies seine einzige Chance sei, hatte er stumm mit dem Kopf genickt, hatte Mantel und Hut und Schal angezogen und sich in den Sarg gelegt. Der Sarg war viel zu klein für den großen und schweren Gollasch. Zieh die Beine an, sagte Faßbinder, es wird schon gehen. Du brauchst keine Angst zu haben, sie werden das nicht öffnen, einem Toten bricht man das Haus nicht auf. Aber ich ersticke ja in dem Kasten, jammerte Gollasch, o Gott, ich ersticke. Nein, sagte Faßbinder, unter den Griffen sind kleine, runde Fensterchen, durch die bekommst du Luft und Sonne. Leg nun den Kopf nach hinten, es wird schon klappen, und wenn sie dich schnappen, Gott!, wenn sie ihn schnappen, aber einem Toten lässt man das Haus. Gollasch legte den Kopf nach hinten, er klappte den Kragen hoch und zog die Beine an. Faßbinder deckte Gollasch zu, er legte ihm ein Kissen in den Nacken. Es dauert nicht lange, sagte er, es dauert bestimmt nicht sehr lange, der Weg ist kurz und die dich rausfahren, sind bombig. Der Weg ist wirklich nicht lang, sagten die Männer, und Sie können sich auf uns verlassen, wenns sein muss, schießen wir Sie raus. Georg nickte, Faßbinder, Gollasch. Nun gut, sagten sie. Also dann los. Die Männer schraubten den Deckel drauf, sie hoben an, durch das Fenster nach draußen, durch den Garten, schoben Gollasch über die Schiene in die Kammer. Faßbinder blieb allein zurück. Er sah den Wagen davonfahren. Die Straße war leer, niemand zeigte sich. Die Männer hatten die schwarzen, steifen Hüte gezogen, sie hatten den TOTEN gegrüßt, bevor die Flügeltüre zuschnappte. Auch Faßbinder machte so etwas wie eine Verbeugung, während Georg dem langsam fahrenden Leichenwagen folgte.

Georg liebte Leichenzüge. Seit Lehrer Gillessen ihm und den andern die Geschichte vom Herrn Kannitverstan vorgelesen hatte, war er ihnen gefolgt, sooft sie ihm begegnet waren, den kurzen und den langen. Mit der Zeit freilich waren sie immer seltener geworden, denn in den Städten wird im Verborgenen gestorben, wie man im Verborgenen lebt. Aber auf den Dörfern ist der Tod ein Fest. In Hütz und Schrödt, in Blaffert und Ruckes, in Puffkohlen, Biesel, Stähn, Horster-Schelsen und Trimpelshütte ziehen die Leichenzüge in feierlicher Prozession durch die Straßen zum Friedhof. Die leiernde Stimme des Vorbeters, der oft selbst nach der Schüppe riecht, steigt in den Himmel, und das Gemurmel der Trauernden ergreift alles, was sich ihnen in den Weg stellt. Die Weiber heulen und beten und singen in einem, während die Kerls in die offen stehenden Kneipen blinzeln. Der Duft der Blüten an Kränzen und Sträußen vermischt sich mit dem schöneren der Bierblume aus Flasche und Tresen. Hört man beim anschließenden Leichenschmaus zunächst nur das Scheppern und Kratzen von Löffeln und Tellern, vielleicht auch einen unterdrückten Seufzer oder Schmatzen oder Schnäuzen, so löst sich spätestens beim Hauptgericht das Herz in Anekdötchen, Witzen und Geschichten auf. Schuster Lohmann zum Beispiel soll nach dem Begräbnis des Apothekers Schürhoven so betrunken gewesen sein, dass er zu später Stunde über die Friedhofsmauer kletterte und das frische Grab mit Schnaps begoss. Besonders toll gings auch beim Tod von Fuhrmanns Pitter zu. Fuhrmanns Pitter war Europameister im Kegeln. Um den toten Meister zu ehren, kegelten seine Brüder einen Toten-Gedächtnis-Preis aus, bei dem der aus Schelsen stammende Josef Bodewig ums Leben kam. Josef Bodewig wiederum war nicht nur Kegler, sondern auch ein geschätzter Tenor im Quartettverein Sanssouci und Rechtsaußen der Altherren-Mannschaft von Schwarzweiß. Der Trauerzug war so lang, dass die Spitze bereits den Friedhof erreicht hatte, ehe die Letzten die Kirche zu Sankt Konstantin verlassen konnten. Nur ein einziges Mal war nichts dergleichen geschehen, und eigenartigerweise fühlte sich Georg an diesen Tod besonders erinnert, als er dem Sarge Gollaschs folgte. Es war der vierzehnjährige Karl Theodor Schiffer, der gestorben war, ein sehr blonder und beliebter Junge. Er hatte sich mit dem Fahrrad an einen Lastwagen gehängt und war in einer Kurve vor der Eisengießerei Ruppel zu Tode gestürzt. Niemand, der dabei gewesen ist, wird je die kleine, gebückte Frau unter dem Taxusbäumchen vergessen können, der das einzige Kind genommen worden war. Hier waren Tragik und Komisches keine Verbindung eingegangen. Hier war nur Stummheit.

Vielleicht waren es Schnee und Himmel, die Georg an den Tod Karl Theodors erinnerten, vielleicht die unbegreifliche Lautlosigkeit hinter der roten Brücke. Der Schnee hing hier noch in den Zweigen der Kiefern, er plumpste auf das Dach des schwarzen Wagens, taute ab nach den Seiten, nach vorn über die Windschutzscheibe, die Wischer surrten gleichmäßig, unter den Rädern spritzte das Wasser weg. Die Leichenträger saßen vor dem Sarg, ihre Rücken waren Georg zugewandt. Niemand hätte ahnen können, dass sie unter ihren schwarzen Mänteln Pistolen trugen. Der Einzige, der keine Waffe hatte, war der Arzt, der vorne neben dem Fahrer saß. Der Wagen schaukelte durch den Wald. Ein Vogel flatterte auf, zwischen den Wolken sah man ein Stück Himmel. An der Schranke blieb der Wagen stehen. Der Arzt stieg als Erster aus, er ging auf das Kontrollhaus zu, um den Totenschein vorzulegen. Die Soldaten nahmen das Papier, der eine gab es dem andern, ein dritter ging ins Kontrollhaus, telefonierte, telefonierte lange, während die andern, vier oder fünf, den Wagen umstellten. Auch die Leichenträger waren ausgestiegen, auch sie hatten den Wagen umstellt, standen den Soldaten gegenüber, die Hände in den Taschen. Als der Soldat, der das Telefongespräch geführt hatte, den Befehl Warten! gab, begannen die Soldaten und Leichenträger im Kreis um den Wagen herumzugehen. Diese im Uhrzeigersinn, die andern entgegengesetzt, so dass sie sich gegenseitig belauern konnten. Wenig später kam die Steinsche mit ihrem Fahrrad aus Steinstücken gefahren. Sie hatte von der Sache gehört und hatte bei Faßbinder angeklopft, ohne dass ihr geöffnet worden war. Sie kam näher, sprang ab, lief ein paar Schritte bis vor den Leichenwagen, ging um diesen herum, stellte das Fahrrad an den Baum, ging wieder um Wagen und Sarg herum, blieb dann einen Augenblick lang stehen und faltete die Hände, während Soldaten und Leichenträger unaufhörlich ihre großen und kleinen Kreise zogen, durch nassen, tauenden Schnee, durch Wasserpfützen. Der Wagen stand hoch über der betenden Frau, erst jetzt sah Georg, wie klein die Steinsche wirklich war. Sie stapfte mit lehmigen

Schuhen an den Baum zurück, holte ihr Fahrrad, schob es an Posten und Schranke vorbei, nickte zu den Männern hinüber, den Soldaten, gab Georg die Hand, dem Arzt.

Das Motorrad mit dem Offizier kam kaum eine Minute danach. Es war ein Hauptmann mit rot umrandeten Silberepauletten und vier gelben Sternen. Über der linken Brusttasche seines Rockes steckten zwei Spangen, die eine schwarzgelbrotgelbrotgelbschwarze zur Verdienstmedaille, die andere schwarzrotgoldgrünweißgrüngoldrotschwarze für treue Dienste, darunter das leicht gebräunte Leistungsabzeichen, von Eichenblatt umkränzt, im Oval die flatternde Fahne und ein strammer Soldat in Stahlhelm und Kampfanzug, in der Hand das Gewehr. Der Offizier fuhr um den Leichenwagen herum, er drehte noch einmal auf, würgte dann ab. Er ging auf die Soldaten zu, die die Hand an den Schirm ihrer Mütze gelegt hatten, der Offizier gab ihnen die Hand. Sie wechselten einige Worte miteinander, sahen auf den Leichenwagen, auf das Kontrollhaus, die geschlossene Schranke, gingen zusammen auf das Kontrollhaus zu, blieben stehen, einige blieben stehen, die andern umstellten wieder den Wagen, ihre Gesichter waren regungslos. Der Offizier ging auf Georg und den Arzt zu, er grüßte, legte die Hand an den weit vorspringenden Schirm seiner Hauptmannsmütze, war höflich, lächelte beinahe, las in dem Totenschein, nahm den Totenschein mit in das Kontrollhaus, nahm dort den Hörer ab, wählte zwei oder drei Zahlen, gab durch, Namen, Geburtstag, Todestag, Todesursache, Datum, Uhrzeit, den Namen des Arztes, kam zurück, sprang über Wasserpfützen und Schneehügelchen, rief Arzt und Georg mitzukommen, ließ sich die Wagentür öffnen, stieg in den Wagen, lief um den Sarg herum, stützte sich auf den Sarg, klopfte ab, klopfte ein zweites Mal ab, sprang wieder herunter, lief zurück zum Kontrollhaus, telefonierte noch einmal, kam wieder zurück, sah unter den Wagen, sah über den Wagen, trat mit dem Stiefel gegen Räder und Trittbrett, hob Polster und Kisten an, legte dann die Hand an die Mütze, die Soldaten legten die Hand an die Mütze, die Leichenträger saßen auf, Georg, der Arzt saßen auf, der Offizier schob die Schranke auf, der Motor des Leichenwagens sprang an, der Wagen rollte den Weg hinunter, ließ Weg und Steinstücken, ließ Soldaten und Schnee und Regen hinter sich, Faßbinder, die Kette um Steinstücken, die Überlegungen und Ängste der letzten Nacht. Georg jubelte auf. Hinter der Eisenbahnbrücke befreiten sie Gollasch.

10

Am späten Nachmittag wurde Georg in das Untersuchungsgefängnis gebracht. Die Sonne stand gelb über der hohen Mauer des Polizeihofes, als man ihn zu einem blauen, völlig geschlossenen Lastwagen führte, der nur hinter dem Fahrerhaus ein kleines vergittertes Fensterchen besaß. In dem Wagen saßen bereits sechs andere Verbrecher, wie sich herausstellen sollte zwei Diebe, zwei Betrüger, darunter ein lang gesuchter Trickbetrüger, der in der Uniform eines Postbeamten alte Damen heimgesucht hatte, ferner ein ziemlich verwegen aussehender Automatenknacker und ein in der Öffentlichkeit allgemein sogenannter Sittenstrolch, ein älterer, grauhaariger Mann im schwarzen Paletot, der zwei Drittel seines Lebens in Gefängnissen und Zuchthäusern zugebracht hatte. Ihn konnte nichts mehr erschüttern, während Georg beim Anblick der beiden reißenden Doggen, die den Polizisten zur Verstärkung mitgegeben wurden, das Herz bis zum Halse schlug. Die Abfahrt verzögerte sich bis zum Anbruch der Dunkelheit, denn auf unerklärliche Weise war einer der Häftlinge entflohen. Er hatte sich mit Hilfe eines Besens auf das Dach einer Garage geschwungen und von da über die Mauer. Ehe die Trillerpfeife eines Polizisten Alarm geben konnte, war der Mann entkommen. Unglücklicherweise wurde er zwei Tage später wieder eingefangen. Es ergab sich, dass es sich um einen ziemlich bekannten Stabhochspringer handelte, der allerdings beim Sprung über die Mauer den gewohnten Sandhaufen vermisst und sich den Fuß verstaucht hatte. Eine ältere Frau hatte ihn mit in ihre Wohnung genommen und ihm einen der Krückstöcke ihres verstorbenen Mannes geschenkt. Da die Bewohner der Stadt zur Mitfahndung aufgerufen wurden – ein hierzulande sehr beliebtes Gesellschaftsspiel – und damit Gelegenheit hatten, selbst Polizei zu spielen, war der humpelnde Spaziergänger bald aufgefallen. Dass laut Polizeibericht über vierhundert andere humpelnde, an Stöcken gehende Männer mit der Polizei zu tun bekamen, davon war später nicht mehr die Rede. Georgs Mithäftlinge hatten eine unbändige Freude, als die Polypen, wie sie sagten, im Laufschritt über den Hof kommandiert wurden, um den flüchtigen Hermann in Ecken und Mülltonnen und Kellerlöchern zu suchen. Schließlich aber fuhren sie ohne ihn ab. Die Häftlinge saßen auf Bänken, drei auf der einen, vier auf der anderen Seite, Polizisten und Hunde in einem abgegitterten, käfigartigen Verschlag hinter dem Fahrer. Der Wagen fuhr durch hell erleuchtete und belebte Straßen, an glitzernden Schaufensterfassaden und hetzenden Menschen vorbei, an Bahnhöfen und Bushaltestellen, an Cafés und Kneipen, Bars und Puffs. Einer der beiden Diebe sagte, das hier sei eine äußerst humane Behandlung, denn in Heilbronn beispielsweise, einem romantischen Städtchen am Neckar, in dem es hübsche Obstgärten geben soll, fahre dem Gefangenentransport ein Überfallkommando mit Blaulicht und Lautsprecher voraus, um alle Passanten vor dem explosiven Inhalt des ihm folgenden, nach außen hin nur an Nummernschild und Grünfarbe erkenntlichen Lastautos zu warnen. Bei Gefangenentransporten mit der Bundesbahn aber werden die Reisenden über den Lautsprecher, der gemeinhin Anschlusszüge und Uhrzeiten verkündet, freundlichscht gebete, auf Täschle und Röckle und Bub und Mädle aufzupasse, während die finsteren, weil unrasierten Gesichter der Häftlinge von einem dichten Polizeikordon umstellt sind. Teddy, so ließ sich der Dieb nennen, war dabei auf einen der zahllosen Gaffer, einen biederen, feisten Bürger, sicherlich in der ganzen Stadt bekannt, losgestürzt und hatte gebrüllt: Mensch, Ede, bischt wieder naus? Worauf der kleine Mann erschrocken das Weite gesucht hatte. Teddy war seit diesem Zwischenfall der Boss. Er konnte und wusste alles, jedenfalls was den Knast betraf. Schon auf der Fahrt vom Polizeigefängnis zum Untersuchungsgefängnis lernte Georg, wie man Autos aufbricht und ohne Schlüssel anlässt, bei welchen Typen es besonders gut geht und bei welchen überhaupt nicht. Teddy konnte Zigaretten aus Zeitungspapier drehen und verstand es, aus sechs Stummeln eine neue zu zaubern. Er konnte Klopfzeichen schlagen und Orgeln bauen, kleine Detektorgeräte, die nicht nur zum Empfang von Radioprogrammen benutzt werden können, sondern auch zur Verständigung der Häftlinge untereinander. Er wusste, wie man Kassiber selbst unter den widrigsten Umständen weitergibt, er erfand die tollsten Ausreden und Verdrehungen, er gab jedem, selbst dem sogenannten Sittenstrolch, eine Chance. Nur als er hörte, dass Georg ein Politischer sei, sagte er: Scheiße! Aber noch während der Wagen durch das eiserne Tor in den Gefängnisvorhof rollte, als Fenster um Fenster, vergitterte, abgeblendete, mit Zahlen und Buchstaben versehene, sichtbar wurden, als Block um Block, von Lampen und Scheinwerfern erhellte, nach dem Vorbild von Sing-Sing sternförmig um einen Kupferkuppelbau gruppierte, in schwarzen Riesenumrissen zu erkennen waren, noch während Polizisten und Hunde das verdrahtete Kämmerchen hinter dem Fahrerhaus verließen, um Häftling auf Häftling, einzeln und im Schnellschritt, mit Polizeigriff, Schlafittchen hin, Schlafittchen her, zum Haupteingang zu stoßen, während all dies geschah oder sich andeutete, versuchte Georg, Teddy und den andern zu erklären, dass es sich bei ihm um Steinstücken handle, Exklave, Enklave, ihr wisst schon, wo, dass er nicht wisse, warum es sich um Steinstücken handle, dass es sich aber um Steinstücken handle, weil man es ihm gesagt hatte, aber nichts weiter, weil er nichts sagen wollte, denn er hatte nichts zu sagen, dass er alles im Einzelnen und genauestens über den Untersuchungsrichter erfahren werde, und das innerhalb von vierundzwanzig Stunden; dass ihn ein Mann namens Merz beschuldigt hatte, ein Mann, dem er einmal eine knappe Stunde gegenübergesessen hatte, dem er dann vor wenigen Stunden gegenübergestellt worden war und der ihn unter sieben anderen herausgefunden hatte, weil er ihn kannte, dass die Gegenüberstellung also im Grunde eine Farce gewesen sei, selbst dann, wenn Merz ihm, Georg, nie begegnet wäre, weil er die Nummer, die Georg bei der Gegenüberstellung, es war die Nummer vier, in der Hand gehalten hatte, nicht in Georgs Gegenwart genannt hatte, sondern gleich wieder hinausgegangen war, der Mann aber, der die Gegenüberstellung leitete, behauptet hatte, Merz habe ihn herausgefunden. Teddy erwiderte darauf, dass der Mann, der die Gegenüberstellung geleitet hatte, also der Bulle, wie Teddy sagte, wahrscheinlich beim Termin als Zeuge auftreten würde für Leute, die es gibt oder auch nicht.

Die Häftlinge wurden eine hohe Treppe hinaufgeführt, an deren Ende ein dicker Mann in grüner Uniform saß. Umständlich setzte er eine dunkelgelb umrandete Hornbrille auf, schob sie bis auf die Nasenspitze, um über den Rand der Brille die Treppe hinunterzusehen, bereit, die größer werdenden, näher kommenden Gesichter, die schlaksigen Gestalten, die müde oder aufrecht Gehenden, die Schweigenden zu übernehmen. Während er ihre Namen in eine Art Kontobuch eintrug, kratzte er sich unaufhörlich den Hintern, so dass Teddy seine Hilfe anbot und sich dafür gleich einen bösen Blick einhandelte, was ihn aber keineswegs betrübte. Im Gegenteil, er fragte, ob das Essen besser geworden sei, ob man endlich mehr rauchen dürfe, ob die Besuchszeiten verlängert, die Zellen sauberer, die Betten besser, ob der Pferdedoktor noch da sei, was aus Moritz und Schnäuzchen geworden sei und wie viel der Graf bekommen hätte, ein notorischer Heiratsschwindler, der aus der Untersuchungshaft erneut auf Anzeigen geschrieben hatte. Nach diesem mehr heiteren als traurigen Auftakt, obwohl von meist unfreundlich scheppernden Jajajaja und Hmhmhmhm und Hehehehe des dicken Grünen begleitet, der, wie Teddy neidlos feststellte, seit seiner letzten Einlieferung einen Balken mehr auf den Schulterbändern trug, obwohl begleitet von Jammern und Aufschluchzen des alten Sittenstrolches, von hängenden Köpfen und sturen, ausdruckslosen, vor Gitter und Mauer kapitulierenden Blicken der andern; nach umständlichen Fragen des Dicken mit Wie und Was und Wo und Wann, nach Hand-an-die-Ohrmuschel-Legen, Vorbeugen und Über-den Rand-der-Brille-Sehen, nachdem Personalausweise und Führerscheine und Reisepässe eingesammelt waren, jeder ein kleines rotes Kärtchen mit der sogenannten Gefangenennummer erhalten hatte, kamen andere Grüne, drei oder vier, jünger und strenger, mit hellen Unteroffiziersstimmen, weniger oder gar keinen Balken auf den Schulterbändern, mit Schlüsseln, die so groß waren, als schlösse man damit Stadttore auf. Und groß wie Stadttore waren auch die Eisengittertüren, durch die die Häftlinge im Gänseschritt, Hände auf den Rücken, mit zugekniffenen Lippen, denn das Sprechen war ihnen von den jungen Grünen verboten worden, geführt wurden, über eine Steintreppe in einen Keller hinunter, durch schmale, matt erleuchtete Gänge, an Türen und Türen und Türen vorbei, an Nummern und Nummern, Punkten an Türen, rot Selbstmordgefahr, schwarz Tatgenosse, katholisch k, evangelisch ev., religionslos ohne, Diätkost, Weißbrot, kein Weißbrot, Schere in der Zeile, eigenes Rasierzeug. Hinter allen Türen todesähnliche Stille, nur die Schritte der sieben Häftlinge, der Grünen, hallend und widerhallend unter Eisentreppen, übereinanderhängenden Gängen, dreistöckig, mit Drahtnetzen zum Auffangen sich hinabstürzender Selbstmörder verbunden. Die Grünen schlossen Zwischengitter auf, befahlen, stehen zu bleiben, schlossen wieder zu, befahlen weiterzugehen, kamen endlich in den Rundbau der Kuppel, der von einer Uhr beherrscht wurde wie man sie auf Bahnhöfen sieht, von einer Art Schiffsglocke, einer schwarzen Tafel, auf der Zahlen mit Kreide geschrieben waren, Neuzugänge, Abgänge, männliche, weibliche, jugendliche Häftlinge, Untersuchungsgefangene, Strafgefangene, gesamt. Einzeln wurden die sieben in eine als Aufnahmeraum bezeichnete Zelle geführt, in der ein kleiner, mickriger, schnauzbärtiger Beamter, ein Überbleibsel aus der Jahrhundertwende, das auch hinter einem Reichsbahnfahrkartenschalter hätte sitzen können, an einem schiefen, ärmlichen, mit Tintenflecken gesprenkelten Tisch hockte und dieselben Fragen stellte wie der dicke Grüne am Eingang, der aber darüber hinaus Taschen und Kleidung durchsuchte. Leeren Sie Ihre Taschen, sagte der Mann zu Georg. Kehren Sie die Taschen um. Jetzt drehen Sie sich mal um. Zwei Tellerhände kamen von hinten, der Mann stank nach Zwiebel und Rauch, die Hände umfassten Georg, von unten herauf, zwischen die Beine, den Rücken hinauf, unter die Arme, umfassten den Hals, drangen unter die Jacke. Mund auf, befahl der Mann. Hose runter, befahl der Mann. Bücken. Rumdrehen. Das Gestänge hoch. Anziehen, befahl der Mann. Er schrieb den Inhalt der Taschen auf einen kleinen braunen Zettel und legte ihn Georg zur Quittung vor. E I 617, 2 Geldbörsen, 9 Postmarken à 10, 5 " à 20, 1 Collegmappe, 1 Tasche m. Waschzeug, 2 Brieftaschen, div. Bilder, 1 Postsparbuch o. Wert, 2 Kugelschreiber, 1 Schlüssel m. E, 1 elkt. Ras. app., 1 Wollschal, 2 Streichhölzer, div. Wäsche, 1 Keks, 2 Schokol., 1 Gürtel, 1 Binder. Der Mann schrieb den Inhalt der Taschen auf. Vier Zigaretten, Ein Unterseeboot. Ein komplettes Tafelservice. Eine Stricknadel. Vierzehn Kiefern. Ein Mond. Teile der Milchstraße. Einen Kofferriemen. Zwei Rasierklingen. Sechs Haarklämmerchen. Außerdem fand er 1 Revolver, 1 Maschinenpistole m. Mun., 34 Schlaftbl. u. 6 g Zyankali. Er wickelte alles in ein Stück Packpapier, schrieb 3404 darauf, Georgs neuer Name, hob das Bündel auf ein Regal in seinem Rücken.

Alle sieben fanden sich in einer einzigen kleinen Zelle wieder. Teddy redete ununterbrochen, während die andern schwiegen. Der Automatenknacker weinte, der Sittenstrolch stützte den Kopf in die Hände. Der Trickbetrüger hatte noch eine Zigarette, die er reihum gehen ließ. Teddy lief die Wand entlang und las das Eingeritzte, Eingekratzte. Frieden. Ich komme wieder. Der Tag der Rache kommt. Freiheit für die FDJ. Deutschland, Deutschland über alles. Ein Herz. Ein Hakenkreuz. Ein nacktes Weib. Hilde, vergiss mir nicht. Glück gehabt, nur drei Jahre. Neunzehnhundertundsiebzig wieder an der Macht. Und während Teddy vorlas und sich den Bauch hielt vor Lachen und überhaupt alles sehr lustig fand, lehrte er Georg eine neue Sprache, übersetzte Zigarette in Lulle und Aktive, Kaffee in Negerschweiß, Weißkohl in Fußlappen, Graupen in Kälberzähne, Bockwurst in Rentnermille, Margarine in Impe, Klosettbürste in tote Elbe, Gulasch in Blasversatz, Mohrrüben in Polizeifinger und Krankenhaus in Tripperburg, fuhr vor den Hof, wenn er schlafen ging, wedelte einen vor die Palme und nannte einen Petzer Lampenputzer. Lungenhaschee brachte er in Zusammenhang mit einem Verkehrsunfall und Blutwurst mit Lehrter Straße. Na ja, sagte er, da is doch det Frauenjefängnis. Die andern stimmten ein und stimmten zu, Schlepper und Stullendampfer, Hornhaut vom Klingeln, einen Abgang machen, Hilfsbomber, Panzerplatten und Sprüche. Ob sie uns lieben oder hassen, müssen uns doch entlassen. DIE MAUER MUSS WEG. Keine Frau ist so schön wie die Freiheit. Wieder kam der Förster durch den Wald, schloss auf, stand breitbeinig in der Türöffnung, warf dünne, kaum gefüllte, fleckige Strohsäcke in die Zelle, schmutziggraue, zum Teil zerrissene Decken, blau-weißkarierte, nach Waschpulver und Desinfektionsmittel stinkende Bezüge. Georg, Teddy und der Trickbetrüger machten sich gleich daran, Strohsack und Decke zu beziehen, der Automatenknacker begann zu heulen, während der Sittenstrolch als Erster hinter den Holzverschlag ging, wo Georg nur Ungeheuerliches ahnte. Teddy begann zu singen, um die Geräusche zu übertönen, sie fluchten, weil sie sich beim Bettenmachen gegenseitig mit dem Hintern anstießen, denn die Zelle war normalerweise für einen einzigen Mann bestimmt.

So brach die Nacht an. Die Knastmonde, blechern an Mauern schlagende Lampen, spielten mit den Gitterstäben und warfen sie als Kreuze an Decke und Wand. Über den Kiesweg im Hof die gleichtönenden Schritte der Wachen, die sich von Zeit zu Zeit einen Spaß daraus machten, ihre Hunde mit Steinchen- und Stöckchenwerfen über den kleinen, verdorrten Rasenplatz zu hetzen, der dem Hof den Anschein einer Idylle geben sollte. Das Japsen, Hasten und Fauchen und das zeitweilig aufheulende, langgezogene Gebell der Hunde wechselten mit dem kurz geflüsterten, von einem Zischen und Pfeifen begleiteten Kommando der Wachen. Georg lag während der ganzen Nacht wach. Er lauschte auf die Atemgesänge der Schlafenden und versuchte herauszufinden, wer im Traume sprach. Es war der zweite Dieb, ein kaum achtzehnjähriges Bürschchen, das bisher so gut wie nichts gesagt hatte, nur dass ihn ein Dreckskerl verpfiffen habe, einer, der mit seinem Mädchen was anfangen wollte, der aber selbst so viel auf dem Kerbholz habe, dass er ihn eines Tages noch hochgehen lassen werde. Jetzt aber sprach und lallte er im Schlaf, und das einzige Wort, das Georg verstehen konnte und das er immer wiederholte, war ein in der ganzen Stadt und weit über ihre Grenzen hinaus bekannter Ausdruck für den Geschlechtsverkehr. Georg zählte die Schläge einer in der Nähe schlagenden Kirchturmuhr.

Es mag kurz nach zwei Uhr gewesen sein, als auf dem gegenüberliegenden Gang ein entsetzliches Gebrüll anhob. Bald darauf dröhnte das Haus von heftigem, ohrenbetäubendem Getrommel gegen verschlossene Türen, von Rufen und Schreien, von hysterischem Gelächter und Pfeifen und Johlen. Es war, als habe jemand einen Stein ins Wasser geworfen, der nicht nur lautlose, größer werdende Wellenkreise zog, sondern gleichzeitig eine Lawine von Lärm und Schrecken entfachte. Eine schrille Alarmglocke schreckte die tiefsten Schläfer auf. Georg kletterte auf den Heizungskörper und stieß die Luftklappe oberhalb der Tür auf, so dass er auf den Gang sehen konnte. Wenn er den Hals sehr langmachte und sich dabei mit den Händen an den Eisenstäben hielt, konnte er die halb geöffnete Tür der gegenüberliegenden Zelle 231 sehen, vor der ein paar Grüne standen, während sich andere in der Zelle zu schaffen machten, darunter auch zwei Männer in weißen Kitteln, die man wie Schürzen auf dem Rücken schnürt. Die sechs andern waren alle aufgesprungen, standen in Unterhosen an der Wand oder unter dem Fenster, nur Teddy zerrte ungeduldig an Georgs Beinen und machte den Versuch, wie er auf die Heizung zu steigen. Georg presste sich an die Wand, er zog sich an den Gitterstäben hoch und stand auf den Zehenspitzen. Gegenüber zerrten und schleppten sie jetzt den schreienden und um sich schlagenden Häftling aus seiner Zelle auf den Gang, die weißen Kittel der Männer hatten große, dunkle, nasse Blutflecken. Dann ging alles sehr schnell. Das Schreien ging über in Stöhnen und Weinen, dann nur noch die Stimmen der Männer, aufgeregte kleine Wörter, Anordnungen und Fragen: Was ist denn passiert? Wie konnte das denn passieren? Fußgetrappel über Treppen, Trommeln hier und da gegen Türen, Rufe wie Aufhören! und Ihr Idioten! Die Turmuhr schlug das nächste Viertel der ersten Stunde an. Georg und die andern saßen, halb liegend, auf ihren Strohsäcken und Decken, der eine auf den Arm gestützt, der andere mit dem Rücken gegen die Wand. Dann fielen sie nacheinander in den Schlaf zurück. Teddy hatte noch eine Zigarette angesteckt; wenn er den Rauch einatmete und die Glut ein wenig Licht um ihn zauberte, war sein Gesicht das eines alten Mannes. Schritte kamen über den Gang zurück. Ein Grüner sah in alle Zellen. Hinter den Türen hockten schwarze Spinnen, die ihn mit feindseligen Augen anstarrten.

Georg ließ sich in einen Halbtraum entführen. Aus den um ihn liegenden, dunklen Umrissen schlafender, atmender Körper wurden die Insassen des NSV-Kinderheimes SCHWARZER HERZOG an den Waldhängen des Harzes. Weiße Gitterbetten, Monde über dem baumarmen Gipfel des Glatzberges, der enge, muffige Schlafsaal im ersten Stock, die männlichen Schritte der lang aufgeschossenen, blonden Aufseherin mit dem Gertenstöckchen für unartige Bubenfingerlein, die es vor dem Einschlafen um die Wette taten. Auch für Georgs Daumen, der beim Hitlergruß nie an die richtige Stelle wollte, nämlich fest angelegt unter den Zeigefinger der rechten Hand, stattdessen immer abstand wie ein einsamer Schornstein, vom Gertenrütchen zurückgeschlagen, wieder heraussprang wie die Klinge eines Taschenmessers. Aus Teddy wurde der kleine Werner Rosenthal, zu dem Georg Abend für Abend ins Bett kroch und der ihm immer von einem Kuss erzählte, der in einer Geschichte von einem Mann namens Steguweit zu einem Kind geführt haben soll. Werner Rosenthal wollte Georg immer ein Kind machen, wie er sagte. Eines Morgens lag er nicht mehr in seinem Bettchen. Er soll während der Nacht mit einem Lastwagen fortgebracht worden sein.

Es gab Schlimmeres als diese böse Höhle aus Stein und Eisengitter. Und was waren sie alle gegen den Mörder aus dem Buch des finstergütigen Jakov Lind, der zwölf Menschen umgebracht hatte und als letzten Wunsch vor der Hinrichtung seinen Vater sehen wollte, um auch ihn zu erwürgen. Was war dagegen der schmierige Merz, oder Herr Blankenburg, Kassierer bei der Niederrhein Licht-Kraft AG, der an einem fingierten Überfall beteiligt war, bei dem er sich auf einem Feldweg inmitten des reifen Korns Pfeffer in die Augen streuen ließ. Wie konnte ein so lebensfroher Mann so etwas tun, hatte Georgs Mutter gefragt. Georg erinnerte sich gut daran, dass Herr Blankenburg eines Tages, es war ein Dienstag, ein ziemlich heißer Sommerdienstag übrigens, und damals gab es noch nicht so viele Kühlschränke wie heute, dass Herr Blankenburg also eines Tages ein Blatt Papier und einen Bleistift erbat, einen Kreis aufzeichnete, in diesen Kreis sieben kleinere Kreise, die er einzeln und mit viel Liebe zu schwarzen Punkten auffüllte. Daraufhin erklärte er lakonisch, es handle sich um Schneewittchens Jungfernhäutchen, worauf Georgs Mutter erwiderte, das sei ein alter Hut, den man sich schon im Jahre 1932, also vor der Machtergreifung, als sie noch nichts mit Zwergen zu tun hatte, auf den Rheinwiesen bei Himmelgeist weitergegeben habe. Dort gab es nämlich, obwohl weit und breit kein Wald, ein Forsthaus, das berühmt war für sein Bier und den holländischen Käse, den der Wirt selbst aus Venlo holte. Der Wirt hatte drei Söhne, Gunter, Hagen und Siegfried. Sie waren dem Führer geboren worden, von zwei verschiedenen Frauen übrigens, denn der Wirt hatte nach dem Einfall in Polen ein zweites Mal geheiratet. Mit Gunter war Georg einen Sommer lang befreundet gewesen. Er war eine etwas pubertäre Type, sehr ernst, eigentlich mehr traurig, und wollte Literaturwissenschaften studieren. Er hatte bereits begonnen herauszufinden, wie oft das Wort MÜDE in der deutschen Nachkriegsliteratur vorkommt.

Was war schließlich Steinstücken? Zunächst ein schöner Allerweltsname aus zwölf Buchstaben, schön wie Bergstücken, schön wie Steinbrücken, mit einem gackernden Frühjahr, mit heißen, wolkenlosen Sommertagen, einem wehmütigen Winter und mit einem Herbst, der so groß war, als sei er das Herz der Welt. Und Herbst war es, als Steinstücken in den Sog der Weltpolitik geriet, fast ein Jahr nach Georgs Ankunft, ein Dreivierteljahr, nachdem Gollasch entkommen und Faßbinder für ihn in den Keller gegangen war. Über zwei Wochen lang blieb Steinstücken damals umstellt, die Kontrollen wurden verschärft, kein Auto kam durch, das nicht durchsucht worden war. Doch nach und nach.

11

Faßbinder war in den Keller gegangen. Ein Keller, das ist ein tiefer, dunkler Graben, feucht, voller Schimmel und Netze, mit dem Geruch von keimenden, faulenden Kartoffeln, von Apfelschalen und Papier. Ecken mit leeren, verstaubten Flaschen und Marmeladengläsern, Stühle mit durchnässtem, zerrissenem Korbgeflecht, Kisten voll mit zersprungenem Geschirr, mit Nippes und Werkzeug, mit Nägeln, Schrauben und Korken. Einmachgläser stehen in Regalen, Besenstiele unter der Treppe, alte Kleider und Hüte an den Wänden, Kohlenberge. Rohre unter der Decke, dicke, dünne, Knierohre, geschweißt, genietet, mit Lappen umwickelte Wasserkräne, Gashähne, plombierte Zähleruhren, Sicherungen mit roten, gelben, grünen Punkten, Keller, Flur, Hof, Parterre, erster Stock, Speicher, Schuppen, Garten.

Faßbinder hatte den unter der Küche, mit Fenster zum Garten gelegenen Raum gewählt. Das wenige Mobiliar bestand aus einem ziemlich brüchigen Korbstuhl, einer umgestülpten Kiste als Tisch und einem Bett, das schon im Keller stand, als Faßbinder ins Haus zog. Vielleicht war darin irgendeine alte Großmutter gestorben, denn so sah es aus. Das Fenster, halb über, halb unter der Erde liegend, war mit einem Bettlaken verhängt, so dass Faßbinder während des ganzes Tages im Dämmer saß. Dies hatte sich als eine Notwendigkeit herausgestellt, denn ein völlig abgedichtetes Kellerfenster und erst recht ein tagsüber brennendes Licht hätten ihn verraten. Sie wären dahintergekommen. Für sie alle war er eines natürlichen Todes gestorben, für Nick und die Steinsche, für den Angeber Pluskow, für Katharina und die kleine Anni, die

Soldaten. Herzinfarkt, hatte der Arzt geschrieben. Herzschlag, wie man früher sagte. Das glaubt heute jeder. Ein völlig natürlicher Tod, wie man so einen Tod nennt. Beim Frühstück zum Beispiel. Man rührt den Löffel im Kaffee, lange, lange, als habe man über was nachzudenken. Man hebt die Tasse zum Mund, sieht über den Rand der Tasse, sieht einen grauen, schwarzen, würgenden Schleier, tanzend, sich drehend, um den Tisch, das Fenster, man dreht sich mit, alles dreht sich, dreht sich, schneller und schneller, bis die Tasse auf den Boden fällt. Oder während der Nacht. Man kann nicht schlafen. Dreht sich von der einen Seite auf die andere. Steht auf, geht zum Fenster, aber vor dem Fenster ist eine graue, schwarze, würgende Wand, der Rückweg ist abgeschnitten, nur Dunkelheit. Oder während eines Spazierganges. Man wollte nicht gehen, geht aber doch, geht durch den Regen, unter den Bäumen im Stadtpark. Und wie war es mit dem immer stillen, lächelnden Schrottgroßhändler Trautmann aus der Mühlenstraße? Drei Tage und Nächte haben sie ihn gesucht. Er war mit seinem Wagen, einem stolzen Mercedes in blauer Farbe, in ein Kornfeld bei Waat gefahren. Das Korn hatte sich hinter ihm wieder aufgerichtet, während der freundliche Mann, über das Lenkrad gebeugt, gestorben war. Wir haben ihn gefunden, sagten die Polizisten. Sie riefen es die Treppe hinauf, die in Trautmanns Wohnzimmer führte und an deren Ende seine Frau stand und zu weinen begann.

Vier Tage waren seit Gollaschs Flucht vergangen. Seit vier Tagen saß Faßbinder im Keller, und an diesem vierten Tag sollte er beerdigt werden. Katharina war schon am nächsten Tag ins Haus gekommen und hatte einen Kranz abgegeben. Georg hatte geöffnet, er fühlte, wie ihm das

Blut in den Kopf stieg. Nicht über das dunkel gekleidete Mädchen mit den ernsten, verweinten Augen, sondern mehr über den unwiderruflichen Ablauf eines Planes, den Faßbinder ausgeheckt hatte. Jeder wäre ihm in diesem Moment willkommen gewesen, jeder Waschpulver- und Seifenvertreter, mochten sie alle kommen und Seife verkaufen, jeder Gerichtsvollzieher und jeder Polizist, sie alle mit ihren erhobenen Zeigefingern, lästigen Reden, ihren Beschwörungen und flehentlichen Bitten, sie hätten an diesem Tage in Georg ein dankbares Gegenüber gehabt, auch dann, wenn sie sich alle als vollendete Fuß-zwischen-die-Tür-Steller entpuppt hätten. Katharina aber mit dem Totenkranz aus Grün und Zapfen und Schleifen, der ihr bis an den Bauch reichte und den sie hielt, als wollte sie ihn wie einen Schweizer Käse in den Flur rollen, Katharina erschien ihm wie der Engel des Todes, der sich nicht narren lassen wollte. Und ohne, dass Georg es bedachte, bat er Katharina ins Zimmer, das so unaufgeräumt war wie am Tage zuvor. Die blauen Kaffeetassen standen herum, die Kanne; Krümel auf dem Tisch und dem Boden, das ungemachte Bett. Katharina ging im Zimmer umher, als wollte sie sagen, hier hat er gelebt, in diesem Sessel hat er gesessen, diese Briefe hat er gelesen. Stattdessen aber fragte sie, ob sie Tee oder Kaffee kochen solle, denn sicher habe er vor lauter Aufregung weder etwas Richtiges gegessen noch etwas Heißes getrunken. Und während sie umständlich, wie Frauen umständlich sind, in der Küche hantierte, Georg in der Türöffnung stand, um jede ihrer Bewegungen zu überwachen, laut redete, um Faßbinder unter der Küche zu warnen, erzählte Katharina von dem Blumenlädchen gegenüber der Kirche in Stolpe, wo man ihr den Kranz verkauft hatte. Sie liebe Blumen, sagte sie, den Geruch von Blüten und Tannengrün, das abgestandene, riechende Wasser, die Erde in den Töpfen, und vielleicht werde sie im nächsten Jahr als Blumenbinderin anfangen. Mal sehn, hatte sie hinzugefügt. Gleich danach wollte sie wissen, ob Faßbinders Sarg von PAX sei, der Mann sei nämlich ein Halsabschneider, wie alle, die nach der Blockade zu schnell reich geworden seien. Früher ist er mit Pferd und Wägelchen zum Friedhof gezogen, und die Leute sind stehen geblieben und haben den Hut vom Kopf genommen oder ein Gebet gesprochen. Heute hat er zwölf moderne Leichenwagen laufen, die zwölf Apostel, wie man neuerdings sagt, und in jeden passen vier Särge, zwei oben und zwei unten. Dann sprach sie von Konjunktur, was Georg etwas unschicklich in dem Zusammenhang fand, und empfahl für solche Fälle das Sterbehaus Benjamin in der Königstraße, wo sie die Schleifen für Faßbinders Kranz herhabe, weil doch das Blumenlädchen so was nicht vorrätig hat. Und als sie beginnen wollte, Herrn Benjamins dicken Bauch und seine rote, knorpelige, mit blauen Äderchen ziselierte Nase zu beschreiben, als sie erzählen wollte, dass Herr Benjamin Jude sein soll und über zehn Jahre in Mexiko gewesen war, als sie sein großes Sarglager heraufbeschwören wollte und die Auswahl an Spitzentüchern und Steppdecken, an Schriften für Trauerschleifen mit Schnörkelchen und symbolischen Tränen im DIN-Format, polterte es unter der Küche im Keller, als falle ein Berg leerer Kisten zusammen, so dass Katharina vor Schreck die Hände vors Gesicht schlug, aufschrie, an Georg vorbei ins Zimmer lief, sich hinter den Kachelofen duckte, als wäre er allein in der Lage, sie vor allem Unheil der Erde zu beschützen. Es sind die Ratten, flüsterte sie, überall in Steinstücken sind die Ratten. Wie eine Beterin hockte sie auf den Knien, ihre Hände hatten sich ineinandergekrallt, sie zitterte vor Angst. Ja, es müssen die Ratten sein, antwortete Georg, glücklich über dies himmlische Geschenk einer Erklärung, denn schlimmer als Ratten wäre die Entdeckung Faßbinders gewesen. Nach diesem Zwischenfall war Katharina nicht mehr lange geblieben, sie hatte nicht einmal den Kaffee ausgetrunken und wäre beim Hinausgehen um ein Haar in den Kranz gestolpert, der unter Faßbinders Hut im Flur an der Wand lehnte und den Georg am Tag der Beerdigung, einem kalten Schneetag, mit auf den Friedhof nahm.

Faßbinder, angesehen und beliebt in Steinstücken, weil er schweigsam war, ein Beobachter der Jahreszeiten, des Windes, der Vogelflüge, er, der dem Auf und Ab der Kiefernzweige zusah, dem täglichen Sturz der Sonne, dem farbigen Regenbogen, dem Schnee und dem Regen, er in einem Verlies, das der Teufel ersonnen hatte. Hin- und hergehend, redete er mit sich und dem Keller, sprach noch einmal alles nach, antwortete mit der Stimme Gollaschs, gab Anweisungen an Georg, erschrak, wenn irgendwo eine Tür zuschlug. Er begann mit Steinchen und Hölzchen zu spielen, er löste Kreuzworträtsel, die Göttin der Jagd, des Zorns und der Rache, ersann Tabellen und Systeme, nach denen er Namen ordnete und wertete. An diesem Vormittag aber saß er still in seinem Stuhl, streckte die Füße von sich und trank.

Alle waren sie mitgegangen, ein schweigender, langer Zug, in tiefe Nacht gekleidet. Waren es Eingeweihte, die sich zu einer Demonstration zusammengefunden hatten gegen den Wald und die, die in ihm hockten, denn dann waren sie immer alle eine Familie gewesen, mochten sie sich ansonsten die Augen aushacken wie böse Krähen.

Oder war Faßbinder für sie so etwas wie ein Märtyrer, stellvertretend gestorben an den Folgen der nächtlichen Durchsuchung und des Verhörs? Niemand mochte es aussprechen, nur Nick redete in gedämpftem Ton auf die Steinsche ein, so dass es sich anhörte, als spräche er das Vaterunser. Glauben Sie mir, sagte er und neigte den Kopf zur Seite, Faßbinder hat den Hund nicht verwunden. Ich kenn mich da aus. So einer wie Faßbinder braucht einen Hund. Und dieser Georg, na ich weiß nicht, was der eigentlich hier will. Vielleicht horcht er nur herum. Ich will ja nichts gesagt haben – aber, der geht den ganzen Tag spazieren, niemand weiß, was der eigentlich tut. Glauben Sie mir, es wäre besser gewesen, der Hund wäre lebend zurückgekommen. Meistens ist es ja umgekehrt. Der Hund jault am Grab seines Herrn, er legt sich auf die Seite, frisst und säuft kein Gramm, trottelt mit hängendem Kopf ums Haus, sucht in den Zimmern, gräbt sich unter den Teppich, klettert aufs Dach, ruft den Mond an und stirbt. Die Steinsche antwortete kaum, sie trug ein schwarzes Rad von Hut auf dem kleinen Kopf, das Gesicht hinter einem Schleier. Alle, die sie sonst in verschlissenen, altmodischen Schürzen, in langen Röcken und gestopften Hosen, in Holzschuhen und Pantoffeln den ganzen Tag, von morgens bis abends, herumliefen, waren kaum wiederzuerkennen. Nur Brinkmanns straffe Heilsarmeeuniform war wie immer gebügelt und gebürstet. Auch schien er mehr interessiert als beteiligt, während seine Frau Faßbinders Tod zu einer exhibitionistischen Schau nutzte, denn das Dekolleté ihres Trauerkleides gab die Hälfte der dicken Brüste frei. Geschlossen erreichte der Zug die Schranke. Die Soldaten hätten an eine Auswanderung glauben können. Das Dorf blieb leer und verlassen zurück. Nur die Hunde vor den Hundehütten, nur Faßbinder im Keller, er, der Verwesende, der Gewesene, dessen Name ausgelöscht war, allein in Steinstücken, allein mit den Ställen, den Küchen und Gärten.

Pastor Selbach aus Nikolassee war weder eingeweiht worden, noch ahnte sein reines Herz etwas von dem Spiel, das der liebe Gott zu dulden schien. Mit erhobener, feierlicher Stimme sprach er am leeren Sarg über Faßbinders Konfirmationsspruch DIE LIEBE HÖRET NIMMER AUF, SO DOCH DIE WEISSAGUNGEN AUFHÖREN WERDEN UND DIE SPRACHEN AUFHÖREN WERDEN UND DIE ERKENNTNIS AUFHÖREN WIRD. Er sprach wie Pastor Huhn aus Bonnenbroich, ein im Großen und Ganzen besonnener Mann, der aber gern das Jüngste Gericht heraufbeschwor, besonders vor den alten Damen des evangelischen Strickkränzchens Bonnenbroich-Ost. Dann rötete sich sein Gesicht und seine Stimme steigerte sich bis zu einem Punkt, wo sie umschlug in den blechernen, frostigen Sopran einer alten Jungfer. Er selbst hatte so wenig Gottvertrauen, dass er an jeder Straßenecke sein kleines Auto abstoppte, um auszusteigen und nachzusehen, ob die Kreuzung frei war. In den ruhigen Passagen seiner Predigt aber glich er Pastor Selbach aufs Haar.

Liebe Trauergemeinde, ihr im Herrn, aus Erde seid ihr und zu Erde sollt ihr werden, wie es aufgezeichnet steht, und lasset uns beten, gehet hin in Frieden und gedenket der Worte, die ich euch gesagt habe. So sprach Pastor Selbach in das weiße, kalte, schmucklose Sälchen der Friedhofskapelle, seine Augen irrten umher, als suche er die Hinterbliebenen, denn die erste Reihe war leer geblieben. Schließlich vermutete er den Empfänger seines Trostes hinter dem

Schleier der Steinschen, und seine Augen ruhten auf ihr. Sie war auch die Einzige, die während der Ansprache aufschluchzte, begleitet von Husten und Stühlerücken derjenigen, die nicht in Pluskows Laden kauften und die im Getue der Steinschen versuchte Kundenwerbung erblickten. Einmal, schon ziemlich zu Anfang der Trauerfeier, hatte man ein klatschendes Geräusch vernommen, als schlüge jemand einem Kind auf die Hand. Georg drehte sich um und sah Frau Brinkmann mit verbissenem Gesicht neben dem in sich zusammengesunkenen Nick sitzen, während Hauptmann Brinkmann offenbar nichts bemerkt hatte. Auf dem Weg zum Grab waren alle wieder eine geeinte Seele, von Neugierigen aus der Ferne beobachtet. Eine Bimmel hechelte hinter dem Trauerzug her, Pastor Selbach bewegte unaufhörlich die Lippen, in der Hand das Tragkreuz, das über den Köpfen der Folgenden hin und her schwankte. Sechs Männer unter steifen Zylindern, in langen dunklen Mänteln und mit um Hals und Schulter geschwungenen weißen Schals trugen den Sarg. Auf einem klapprigen, quietschenden Wägelchen, das der Friedhofsgärtner, ein tauber, immer betrunkener Mann, zog, lagen Kränze und Blumensträuße, deren Geruch durch die Kälte drang, die von den vereisten Wegen und den schneebedeckten Zweigen der Bäume kam. Vor dem offenen Grab flatterte Pastor Selbach die Talarärmel aus und betete für Steinstücken, das er von Geistern umflogen glaubte.

In Steinstücken gingen alle einzeln in ihre Häuser zurück, es gab keine Reden mehr, keinen Schwatz und keine Feier. Die Steinsche nahm das Schild WEGEN TODESFALL GESCHLOSSEN von der Tür, schloss auf und verkaufte an diesem Tag im schwarzen Kostüm. Nur den Hut und den Schleier hatte sie abgenommen. Georg war durch den Garten zurückgegangen, Spatzenschwärme hockten auf den Kirschbäumen, gelbes, hartes Gras war gegen den Zaun geknickt. Faßbinders Haus glich unter dem grauen Himmel einem Hexenhäuschen, und zum ersten Mal bemerkte Georg, dass die Tür so niedrig war, dass er sich ducken musste. Die Küche, das Zimmer, die Treppe, alles war still, als habe man Faßbinder wirklich zu Grabe getragen. Nur Georgs Schritte, das blecherne Aneinanderschlagen der Kannen und Töpfe hinter den Glastüren des Schrankes im Flur und das Tak des Uhrpendels. Für einen Augenblick glaubte Georg, Faßbinder sei etwas zugestoßen, doch kaum hatte er diesen schrecklichen Gedanken wahrgenommen, als viel Schlimmeres geschah. Aus dem Keller kam Gesang. Und ohne Zweifel war es Faßbinders Stimme, und ohne Zweifel waren es rheinische Karnevalslieder, die aus dem finsteren Gewölbe stiegen und sich anschickten, Steinstücken und seine trauernden Bewohner mit einem grausigen Humor zu verhöhnen. Nie zuvor hatte Georg Faßbinder singen hören, nie hätte er ihm Derartiges zugetraut, nie hätte er es für möglich gehalten, wenn man ihm davon erzählt hätte. Das aber, was im Unterton mitschwang, das Hemmungslose, Haltlose, das Überbordwerfen jeder Vorsicht, bestätigte sich, als Georg bleich und atemlos in den Keller stürzte und Faßbinder betrunken um eine alte Nähmaschine tanzen sah, deren Treibrad er im Takt vor- und rückwärts schwang. Lallend glotzte er Georg mit glasigen, blutunterlaufenen Augen an und schleuderte ihm die unmöglichsten Ausdrücke, vornehmlich sexueller Natur, entgegen. Er schien einen Künstler nachzuahmen, einen schmalbrüstigen Eckensteher, mit dem er vor einigen Jahren befreundet war und der ein Buch über Faßbinder schreiben wollte, den Plan aber wieder fallen ließ, weil ihm das Thema am Ende zu politisch war. Faßbinder hatte den Mann mit einem Tritt aus dem Hause befördert und ihm nachgerufen, er solle die Welt zugrunde dichten. Nun aber schrie er, die Welt sei ein Irrenhaus und niemand könne daran etwas ändern, so wahr er Faßbinder heiße. Dann nahm er die leere Kognakflasche und warf sie gegen die Wand, und mit den Scherben fiel auch er. Arme und Beine hatte er von sich gestreckt, er atmete, als sei er mit dem heiligen Christophorus im Bund. Sein Fall war akrobatisch, er suchte noch einen Halt, tänzelte, taumelte vornüber, die Rockschöße flogen auf und deckten ihn zu. Georg hatte versucht, Faßbinder aufzufangen, aber alles geschah zu schnell und unerwartet. Er zog ihn an den Armen auf das Bett, wo er halbwegs liegen blieb, die Beine hingen noch herab, Georg hievte sie hinterher. Es war eine Ballettnummer, gleich zu Beginn der polternden Schritte, der angezogenen Knie, der geworfenen Füße, der Drehungen und Sprünge erinnerte sich Georg an den Tanzlehrer Turm, ein agiles, munteres Männlein mit Schnauzbart und silbergrauen Schläfen. Er machte dieselben kleinen, hastigen Schritte, den Fuß nach rechts und den Fuß nach links, auf dem Absatz drehen, eins und zwei, und nun eins und zwei. Soo, lispelte er und stülpte dabei die Lippen vor, als wolle er jeden der zweiundzwanzig Knaben und Mädchen küssen. Soo, und jetzt kommen die Damen. Artig, artig, die kleinen Damenfüßchen nach rechts, die kleinen Damenfüßchen nach links. Auf dem Absatz drehen und eins und zwei und nun eins und zwei. Soo, und jetzt stellen sich die Paare gegenüber, die linke Hand berührt die rechte Hand, die linke Hand des Herrn die linke Hand der Dame, die rechte Hand die linke Hand, noch einmal die linke die rechte, soo ist es richtig, nicht zu fest, meine Herren, denken Sie an Marzipan, diese Damenhändlein sind sehr zart konstruiert, alles ist ein Hauch, ein Atem, ein Traum, Sie werden es schon noch merken. Soo, fing er an, soo, endete er. Tanzlehrer Turm lispelte nicht nur, sondern seine Kommandos kamen auch in einem breiten Rheinisch daher. Bevor er Tanzlehrer wurde, arbeitete er auf einer Pferdebahn in der Nähe der Stadtgrenze, und oft streute er französische Ausdrücke wie Reculer à la muraille, changer à droite, Courbette à droite, Palottade, Pirouette sur le petit cercle, Caprioles, la Croupe oder, und das war sein Lieblingswort, Parade du Cheval trottant à gauche ein. Später entdeckte Georg im Flur des Finanzamtes alte Kupferstiche, auf denen er Tanzlehrer Turms Pferdefranzösisch wiederfand, so dass die Legende, Turm sei einmal Dressurlehrer gewesen, zerrann. „Neue Reit Schul vorstellend einen vollkommenen Reuter in allen Lectionen."

Georgs Tanzstundenliebe war die Tochter eines Kaffeerösters. Abend für Abend erschien sie im selben bunten Rock, im himmelblauen Pullover und mit einer dunkelroten Perlenkette behangen. Eine Perlenkette spielte zu dieser Zeit eine Rolle in einem Fortsetzungsroman, der über sechs Monate die ganze Stadt in Atem hielt. Annemarie, so hieß das Mädchen, hatte immer feuchte, aufgeregte Hände und ihr Haar roch nach Kamillenblüten und Kölnisch Wasser. Sie lächelte selten und hatte ein wenig tränende Augen. Während des Tanzes sah sie auf ihre Füße, etwas, das Tanzlehrer Turm rasend machte. Nicht auf die Füße sehen, schrie er, nicht auf die, und eins und zwei, die rechte Hand des Herrn ganz locker, ganz locker, was tut die rechte Hand des Herrn, mit der rechten Hand hält der Herr die Dame fest, die Damen brauchen Halt, meine Herren, ganz locker, nicht an der Dame festhalten, Halt geben! Soo, soo ist schön, und eins und zwei und eins und zwei, bei drei geht der Herr auf die Dame los. Tanzlehrer Turm brachte ihnen alles bei. Einwickeln und auspacken, auf die Füße treten, auf den Rücken legen, über die Schulter drehen, Spreizschritte und wie man den Hintern dreht und sich beugt und wie man mit dem Finger einen Wirbel macht. Die Purzelbäume schlugen sie dann selbst, im Wechsel eins und zwei und geradeaus und vor und zurück.

Faßbinder stöhnte im Schlaf, so dass es einem durchs Bein gehen konnte, durchs Tanzbein, von dem Turm sagen würde, dass es aus der Hüfte heraus entwickelt werden muss. Faßbinder schnarchte, er hatte den guten Geist, der ihn schaukelte und drehte, um den Wald herum, durch den Garten, der ihn auf eine Wolke nahm, mit ihm einen Tanz um die Sonne wagte. Sein Bauch atmete und schrie und atmete.

12

Der Sommer, in dem Faßbinder im Keller saß, wurde ein gutes Obstjahr. Noch nie hatte man Nick, der selten einen Apfel verschenkte, so gut gelaunt gesehen, ja, man tuschelte schon, dass sein Übermut nicht nur vom Obst, das alle seine Kisten und Körbe füllte, herrühre, sondern dass eine Frau im Spiel sei. Viermal in der Woche fuhr Nick im besten Anzug und mit geputzten Schuhen in die Stadt. Schließlich aber hörte man, es gehe um seine Rente, die Nick auf dem Amt durchdrücken wollte. Er behauptete, die Russen, bekanntlich äußerst gefährliche Menschen, hätten ihm fünfundvierzig eins über den Kopf gezogen. Seither leide er an unerträglichen Kopfschmerzen, besonders stark bei Witterungsumschwüngen, bei Sonnenschein und nach dem Baden. So hatte er es angegeben. Angegeben aber hatte er auch den Namen Schwester Elisabeths aus der Klinik in Wannsee. Sie habe ihm damals den Kopf verbunden, sie habe ihn über die schwerste Stunde seines Lebens hinweggetröstet. Schwester Elisabeth konnte sich sehr gut an Nick erinnern. Weniger indes an die recht harmlose Kopfverletzung, wie sie sagte, sondern mehr an die schmutzigen, unbeschreiblich schmutzigen Füße des Professors. Schwarz sind sie gewesen, rief sie über den Schreibtisch des Renteninspektors, nicht irgendwie schwarz, sondern schwarz. Kohlpechrabennachthimmelschwarz. Aber dass die Russen an der Kopfwunde schuld gewesen sein sollen, das wollte Schwester Elisabeth nicht bezeugen. Meines Wissens, behauptete sie, sind zu dieser Zeit in Wannsee keine Russen gewesen. So war Nick auf Schwester Elisabeth nicht gut zu sprechen. Erst als sie tot war und als außerdem bekannt wurde, dass sie vorübergehend in einer Nervenklinik tätig gewesen war, stieß Nick nach. Doch hätte ihm Schwester Elisabeths Tod nichts genutzt, wären ihm nicht die Umstände zu Hilfe gekommen. Mitten im August, als Äpfel- und Birnbäume in voller Reife standen, wurde sein Rentenantrag genehmigt.

Und dennoch gehörte der Sommer mit Obst und Rente nicht Nick, sondern Pluskow, dessen Lädchen in den Mittelpunkt der Welt geriet. Auch der kleine Schankraum dahinter mit Flitter und Staub, mit Gerümpel und Mief aus vielen Jahren erlebte eine Wiedergeburt, wie es sich Pluskow niemals hätte träumen lassen. Dass am Ende des ungewöhnlich heißen Septembers Faßbinders Tod stehen würde, hätte niemand ahnen können, der in den Tagen vor der Landung des Hubschraubers durch Gärten und Wiesen Steinstückens gegangen wäre. Ein friedliches Fleckchen Erde, das unter einem blauen Himmel schlief. Zwar sprach man auch hier von dem, was in der Stadt geschehen war, ja, man hatte sogar in der Nacht davor hinter verschlossenen Fenstern mit Stacheldrahtrollen und Betonpfeilern beladene Lastwagen beobachtet, marschierende Kampfgruppen mit Liedern wie DURCHS GEBIRGE DURCH DIE STEPPE und vom Himmel über Spanien, der seine Sterne über Schützengräben ausbreitet, wo der Morgen in der Ferne leuchtet, wo es kein Rückwärts gibt und wo das Wort FREI-HEIT von Trommeln zerschnitten wird, hier aber keine Trommeln wirbelten, sondern das scharfe Kommando eines Offiziers ertönte: KRÄFTIG DURCHSINGEN, GENOSSEN! Zwar hatte die Steinsche eine ganze Nacht schlaflos zugebracht, war drei- oder viermal den Weg bis zur Schranke gegangen und wieder zurück, weil Katharina im anderen Teil der Stadt war, am Morgen jedoch nach Steinstücken zurückfand, ohne dass ihr etwas zugestoßen war; zwar drohten von der anderen Seite der Querstraße Rufe wie AUSHUNGERN! und WIR KOMMEN BALD AUCH ZU EUCH!, dennoch waren Einsamkeit und Abgeschiedenheit nie so groß wie in diesen Tagen. Die Brinkmanns strichen ihre Fensterläden mit grüner Farbe und Anni stand lächelnd inmitten ihres bunten Dahlienwäldchens. Dann aber kam der Hubschrauber oder, wie Nick verächtlich sagte, DAS DING.

Das Ding, das den Menschen die Schlafkrankheit und den Tieren tödliche Entkräftung bringt, ist aus unseren

Freigebieten mit den herkömmlichen Mitteln nicht mehr zu vertreiben. Sie erinnern sich an die vielen Aktionen zur Vernichtung des Dings. Wir haben die Eingeborenen mit engmaschigen Schmetterlingsnetzen ausgerüstet und sie ermuntert, in Massen Jagd auf das Ding zu machen, weil wir hofften, das Ding wegen seiner relativ geringen Fortpflanzungskraft auf diese Weise zum allmählichen Aussterben zu bringen. Wir haben dann den Fang mit Hilfe einer übergroßen Mausefalle mechanisiert. Wir haben Schaumschläger und Eisbrecher, Polizeiknüppel und elektronische Musik eingesetzt, wir haben Pfingstmärsche organisiert und Lieder im Stil der Heilsarmee gesungen, wir haben einen bleichen Dichter aus seinem Roman „Die Milchkühe" vorlesen lassen, wobei wir im Stillen gehofft hatten, des Dichters äußere Erscheinung würde bereits genügen, um dem Ding den Garaus zu machen, abstehende Ohren, einen immer halb geöffneten Mund, herunterhängende Unterlippe, eine Brille, die so groß war, als wolle er damit nicht nur sehen, sondern auch riechen und schmecken und hören. Wir haben es im Guten versucht, wir haben, wie Sie wissen, dem Ding einen anderen Siedlungsraum schmackhaft machen wollen, wir baten es, nach Texas zu gehen oder an den Südpol. Doch alle schmerzlichen Opfer haben nicht gelohnt. Das Ding war stärker als wir.

Es kam über den Wald nach Steinstücken, zerfraß ihm den Kamm, schaukelte, rülpste, torkelte nach links, nach rechts, schien herunterzufallen, beugte sich suchend vor, spähte nach frischen Opfern, nach neuem Fraß, suchte Steinstücken, suchte die Brücke, die Bahnlinie, fand Steinstücken, fand Brücke und Bahnlinie und stieß seine Augen auf Pluskows Wiese hinter dem Laden. Brinkmanns Hahn schrie zuerst, Pluskows Hühner rannten mit vorgestreckten Hälsen über den Hof, Hunde schlugen an und zerrten an ihren Ketten. Drüben liefen die Soldaten zusammen, nahmen die Gewehre von den Schultern, richteten sie auf das Ding, nahmen die Gewehre wieder herunter. Die Kinder zeigten an den dunkler werdenden Himmel, ihre Köpfe fielen auf den Rücken.

Wie Ihnen bekannt ist, kann ein ausgewachsenes Ding nicht nur senkrecht starten und landen und beliebig langsam fliegen, sondern es kann sich auch wie ein Kolibri schwirrend an der Stelle halten. Das Ding ist in der Lage, sein Gift auch in die verstecktesten Winkel und unzulänglichsten Klüfte abzusprühen.

Kantig und knatternd stand es über Steinstücken, seine Drehflügel zerstäubten den Rauch, der von den Dächern aufstieg. Die Kinder liefen unter dem Schatten mit, das Ding drehte wieder ab, das Rad auf seinem Rücken zog den Rumpf schräg nach oben, legte sich in die Kippe, drehte ab, zum Wald zurück, drehte wieder, stürzte dann plötzlich gerade nach unten, schien auf Pluskows Laden zuzufliegen, stellte die Räder in den Sand. Das Rückenrad surrte aus. Eine bläuliche Wolke kam auf. Bevor das Geschrei der Kinder über den Gartenzaun kam, blieb es eine Weile still.

Drüben kamen zu den Soldaten Offiziere, sie richteten ihre Gläser auf Pluskows Wiese, suchten den Himmel ab, als erwarteten sie einen fliegenden Panzer, sie beobachteten den Mann in der Kanzel. Die Kinder krochen durch den Zaun, rissen sich Fünfen in Mantel und Jacke, sie hüpften und sprangen über Wiesenhügel, schrien und schlugen Purzelbäume. Sie stellten sich vor das Ding, sie liefen um das Ding herum, sie stellten sich unter die Schnauze und krochen unter den Rädern hervor. Das

Ding aber blieb stumm im Gras, es blinkte am Heck noch einmal kurz auf, dann öffnete sich sein Bauch, eine Leiter wurde herabgelassen, Soldaten kletterten heraus. Durch das Gartentor über die Wiese kamen Pluskow, die Steinsche, Katharina, ein paar andere, die jedoch zurückblieben. Der General schritt ihnen durch den Klee entgegen, er schritt auf Pluskow zu und gab ihm die Hand, als wären sie seit Langem befreundet. Der General lächelte, sein Gefolge lächelte, sie folgten ihm auf dem Fuß. Der General sagte laut und deutlich WELL, die andern nickten, so dass ihr Geschirr zu klappern begann, Pluskow nickte, die Kinder nickten. Katharina war in den Laden zurückgelaufen, sie hatte eine Büchse mit LEIPZIGER ALLERLEI geholt, überreichte sie dem General, der sagte wieder laut und deutlich WELL. Pluskow umlief den General, verbeugte sich einmal von der linken Seite, dann von der rechten Seite, lief vor ihm her, streckte den Arm in Richtung auf das Dorf, dann drohend gegen den Wald. Der Zug formierte sich, der General, Pluskow mal von rechts und mal von links, mal vorneweg; die Steinsche, dann Katharina, um alle herum wie ein Spatzenhaufen die Kinder. Hinter Fenstern und Zäunen die andern. Nick kam in einiger Entfernung nach, war vorsichtig bis an das Ding herangegangen, hatte mit dem Kopf geschüttelt, hatte als Einziger die zornigen Gesichter DRÜBEN gesehen. Pluskow zeigte dem General Steinstücken, er zeigte ihm die krummen, grauen Häuser, die Gärten, die Ackergärten, die buckligen Wege, die Brücke, die Grenze, den Bahndamm, das Fahrrad, mit dem er aufs Amt gefahren sein soll, heute ein rostiges Eisengestell, Rahmen und Lenker, eine Klingel ohne Deckel, auf eingeknickten Rädern, ohne Licht. Pluskow blieb einen

Augenblick davor stehen, wie auf Dörfern im Rheinland die Frauen vor der Jungfrau Maria. Und weil der General DIE SORGEN DER EINWOHNER VON STEINSTÜCKEN KENNENLERNEN WOLLTE, sprach Pluskow von Fisch und Gemüse, von Käse, Fliegenfängern und Konserven. O YES, sagte der General, Konserven. Unerschrocken lächelte er weiter, seine weiße Nase kräuselte sich. Ungeachtet der Gefahren jenseits der Querstraße TRANK ER BEI EINEM RENTNER EIN GLAS WEIN. Einer der Soldaten machte Notizen, ein anderer fotografierte. Der General hatte dunkle, buschige Augenbrauen und glattes, graues, nach hinten gekämmtes Haar. DER GENERAL HIELT SEINEN KOPF MEISTENS EIN WENIG SCHIEF. Schließlich gingen sie alle in Pluskows Schankraum hinter dem Laden, die Stühle wurden von den Tischen geholt, die Steinsche legte eine Decke auf und holte mehrere Flaschen. Der General trank. Pluskow trank. Die Bewohner von Steinstücken tranken. DRÜBEN tranken sie nicht, sahen hinüber, beobachteten jede Bewegung, machten auch einige Schritte vorwärts, ein Zischen rief sie zurück. Die Offiziere tuschelten miteinander. Vor Pluskows Schankraum standen drei amerikanische Soldaten, auch sie mit heruntergenommenen Gewehrläufen, den Helm ins Gesicht gezogen, die Buchstaben M und P. Sie kauten, lächelten nicht mehr. Die Kinder stellten sich daneben, schoben die Füße vor wie sie, machten finstere Kriegsgesichter, kauten, während der General eine Rede hielt, von Mut und festem Willen sprach, von unverbrüchlicher Trrreue. Drrrei Soldaten bleiben hierrr, sagte der General, sind äußerrrster Vorrrposten. Haupt – wiesagtman – Hauptkampflinie hierrr. Und er deutete auf Pluskows Wiese.

Pluskow führte den General wieder hinaus, er öffnete ihm die Tür, er verbeugte sich. Der General sah Pluskow tief in die Augen, Pluskow verbeugte sich ein zweites Mal. Er wies hinaus auf den Garten, den großen, blauen Himmel, wies auf Steinstücken und das Fahrrad hinter dem Schuppen. Der General verbeugte sich, auch er wies auf den Himmel, beschrieb einen Kreis um das Dorf, eine Brücke über den Wald. Die Bewohner von Steinstücken klatschten in die Hände, die Steinsche, Katharina, Pluskow, Nick, ein paar andere. Und während sie alle im Klingklanggloriaschritt auf die Wiese zumarschierten, begannen die Soldaten, das Ding auszuladen. Mehrere Empies, ein paar Kisten DANGER, ein paar Kisten Proviant, zwei Kühlschränke, Zelte, Stangen, Decken, ein Schlauchboot, vermutlich einen zusammenklappbaren Panzerspähwagen, vermutlich. Der General ließ sich einen Schirm geben, schlug dreimal auf den Gepäckberg, gab jedem der zurückbleibenden Soldaten die Hand, winkte mit derselben Hand den Bewohnern von Steinstücken zu und ließ sich über die Leiter in das Ding hineinziehen. In der Öffnung stehend, lächelte er über Steinstücken hinweg, die Kinder sangen dem General ein Lied. FROH ZU SEIN BEDARF ES WENIG. Die drei Soldaten zogen den Helm fest unter das Kinn und trieben mit kreisenden Armen die Bewohner an den Rand der Wiese. Das Rad auf dem Rücken schlug gegen den Wind, der Mann in der gläsernen Kanzel saß starr im Gurt, ein bläulicher Rauch knallte weg, die Augen an Bug und Heck blinkten rot auf, das Ding hob an, blieb zitternd über der Erde, hielt sich, versuchte, noch einmal aufzusetzen, das Rad raste auf, das lange Gras duckte sich, Nicks gelber Strohhut flog dem Ding nach und verfing sich am Ende in Pluskows

Stachelbeerhecken. Das Ding drehte über Steinstücken eine Schleife und entschwand dann über dem Wald. Wenn ein Ding den Heckpropeller nicht hätte, dann würde der Rumpf entgegen der Rotordrehrichtung zu kreiseln beginnen. Der Rotor befindet sich seltsamerweise in der Lage eines Menschen, der auf einer Drehscheibe steht und zu laufen beginnt. Unter seinen sich abstoßenden Füßen wird sich die Scheibe in Bewegung setzen, natürlich entgegen der Marschrichtung. So entsteht das Gegendrehmoment. Im Falle Drehscheibe kann man dem abhelfen, indem man sie irgendwo am Boden festmacht. Im Falle Ding geht das nicht, denn wo in der Luft sollte man den Rumpf verankern? So ahnte niemand der Umstehenden, warum Nick sich um seine eigene Achse drehte, als der Hubschrauber vom Boden abhob.

Harrison hatte das Kommando. Er war zweimeterfünf, dreizentnerdick, lachte wie ein Baby und kaute. Er lief wie ein Siebenmonatskind. Williams war einszweiundsechzig, bellte wie ein Dackel, kaute. Wilson war einsdreiundsechzig, dunkle Hautfarbe, krausköpfig, sagte wenig, kaute. Sie gingen im Gänseschritt in Pluskows Schankraum zurück, trugen Waffen und Munition in den kleinen angrenzenden Schuppen. Die Kinder gingen im Gänseschritt mit und halfen. Die Frauen hatten den Schankraum ausgeräumt, Katharina kochte. Harrison lachte zuerst, als er die Frauen sah, dann die andern. Der Schwarze gehört mir, rief die Brinkmann der Steinschen zu, nimm du mal den Dicken. Harrison sagte fürs Erste immer nur TAK. Er hatte schöne, große, weiße Zähne, die er zeigte, sooft er Gelegenheit dazu bekam. Bei den Soldaten DRÜBEN standen Kinder von DRÜBEN und riefen: Ami ko homeh. Als es zu dämmern begann, brannte zum ersten Mal seit vielen Jahren in Pluskows Schankraum Licht.

Georg war erst am Nachmittag aus der Stadt zurückgekehrt. So erfuhr er alles aus zweiter Hand. Er ging in den Keller hinab, wo er Faßbinder am Fenster stehend vorfand, mit dem Rücken zur Tür. Leise berichtete Georg, was er erfahren hatte, die Besetzung des Dorfes, die Wichtigtuerei Pluskows, das Verhalten der Frauen. Faßbinder hatte weder geantwortet noch hatte er Fragen gestellt. Schweigend aßen sie. Danach erhob sich Faßbinder und ging unruhig durch den ganzen Keller. Am Abend war Georg nach oben gegangen, er hatte wie immer den Riegel vorgeschoben, er hatte eine Zeit lang hinter dem Fenster im ersten Stock gestanden und auf die Straße hinuntergesehen. Gegen neun Uhr hörte er die drei Soldaten durch Steinstücken patrouillieren. Sie kamen die Querstraße hinab, sie gingen in Richtung auf die rote Brücke und den Verbindungsweg, von da über die Wiesen zurück. DRÜBEN flammten Scheinwerfer auf und verfolgten ihre Schritte, die kurzen, trappelnden Wilsons, die kurzen, stampfenden des andern, den schaukelnden Gang Harrisons. Wieder gingen die Soldaten im Gänseschritt, und es war, als folgten ihnen die Kinder auch jetzt. Die Schritte der Soldaten entfernten sich, die Scheinwerfer schlichen lautlos hinterher, warfen Schatten auf die Straße, von Helm und Stiefel und Empie. Warfen riesenhaft wachsende Schatten auf Häuserwände und Dächer, flackerten, kreuzten sich mit den Bäumen, mit den Laternen, dem Mondlicht und dem Himmel. Georg zog den Vorhang vors Fenster, machte kein Licht, warf sich auf das Bett, schlief, versuchte zu schlafen, zu wachen, versuchte den verhallenden Schritten zu folgen, den Scheinwerfern. Er träumte von einem Flugzeug, das sich in den Himmel schraubte, über Pluskows Wiese und Laden, über den Wald, die Häuser von Steinstücken, über den Bahndamm. Eine Schrift leuchtete auf, eine gelbweiße, glatte Schrift. Im Falle einer Notlandung bitte Ruhe bewahren. Stellen Sie das Rauchen ein und befolgen Sie die Anweisungen des Lautsprechers. Lockern Sie Kragen und Krawatte, entfernen Sie Brille, Zahnprothesen und harthackige Schuhe. Achten Sie einmal weniger auf Ihr Äußeres, genieren Sie sich nicht. Ihren Sitz in senkrechte Lage bringen, sich über den nächsten Notausgang informieren, auf einen Pfeifton hin vorlehnen und den Kopf in die gekreuzten Arme legen, sich auf mehrere Stöße gefasst machen. Sobald das Flugzeug zum Stillstand gekommen ist, wird ein Mitglied der Besatzung Anweisung zum Verlassen des Flugzeugs geben. Kreiste über eine weiße Siedlung, die am Rande des Flugplatzes liegt. Schornsteine, Gärten, Friedhöfe, silberne Straßenbänder, Eisfelder, Schneeberge, eine weiße Siedlung, die am Rande des Flugplatzes liegt. Die Gärten verbrennen, die Friedhöfe versanden, Schnee und Eis wehen über die Piste. Das Flugzeug setzt auf, ruckt mit knallenden Motoren vornüber, die Flügel vibrieren. Eine Schrift leuchtet auf, eine gelbweiße, glatte Schrift. Kam über den Saum des nächtlichen Waldes, kam wie ein trunkener Vogel, schräg, seitwärts fliegend, grün und rot aufblinkend, die Scheinwerfer setzten gleich zu, ließen es über Steinstücken schwirren. Das Ding flog zum Wald zurück, ortete Pluskows Wiese, flog dann gerade und schnell in die Schneise, verschwand hinter den Dächern. Das Rad funkte, sprühte, brauste noch einmal auf, verlief sich. Ein krummer Windmühlenflügel überragte die Bäume. Georg schreckte aus dem Traum, fiel wieder zurück, ging schließlich hinunter.

Er sah das Ding auf der Wiese stehen, den aufragenden Flügel, er sah, wie die schwarze Tür mit dem weißen Stern geöffnet wurde, wie die Soldaten, wie Harrison, Williams und Wilson neue Kisten entluden, vermutlich DANGER, vermutlich Gerät. Ein roter, kleiner Hund lief über die Straße. Die Soldaten legten die Empies über den Arm, kniffen ein Auge zu, zerschossen die Spur, zerschossen den Blumen die Köpfe. Wer noch nicht hat, der kann noch mal. Ich schieße meiner Liebe ein Gänseblümchen, ich schieße meiner Nacht einen Teddybären. Der Hund schrie auf, schrie von den Bäumen auf, die Bäume zersprangen, zersplitterten auf der Eisfläche. Die Räder des Flugzeugs drehten sich auf der Stelle, der Hund lief in den Propeller. Die Soldaten schrien auf, schrien von den Bäumen auf, zerschrien die gleißenden Mondstrahlen, das Licht verhuschte in der Fuchshöhle. Der rote, kleine Hund kam aus einer Spieldose auf Georgs Schlaf zu.

Ich bleibe in meinem Keller, hatte Faßbinder gesagt. Auch jetzt werde ich in meinem Keller bleiben, auch jetzt, wo sie mich über den Wald fliegen könnten. Die Kellertür knarrte zu. Draußen brachten sie das Ding wieder auf Touren. Rot. Grün. Die Funken. Rufe. Der Scheinwerfer. Das Ding stieg auf über Steinstücken und flog dem Wald ins Maul. Noch etwas war geschehen. Als Harrison, Williams und Wilson unter der rötlich scheinenden Lampe darüber nachsannen, welche Rolle ihnen das Hauptquartier zugedacht hatte, ob hier eine Stellung zu halten wäre, drei Mann gegen die Südflanke der Roten Armee, oder ob Steinstücken, nachdem es über fünfzehn Jahre unbehelligt geblieben war, weil weder Polizist noch Soldat, weder Gerichtsvollzieher noch Steuerfahnder je die Grenze passiert hatten, ob Steinstücken neuer, vorgeschobener Brückenkopf, zwölfhundert Meter weit ins feindliche Land getrieben; als Harrison die Funkgeräte überprüfte, Wilson aus lauter Langeweile Waffen reinigte und Williams einen Brief nach San Francisco schrieb, und als er gerade fragen wollte, ob Steinstücken am Ende mit n geschrieben wird, klopfte es gegen das Fenster, das sie mit Zeltplanen verhangen hatten. Es klopfte keineswegs leise oder schüchtern, so als schliche Frau Brinkmann ums Haus oder als seien es Wind oder Regen, sondern heftig trommelnd, von gehetztem Atem getrieben, so dass Harrison blitzschnell, wie er es tausendmal geübt hatte, zur Waffe griff, Wilson mit einem Gewehrkolben das Licht ausschlug und Williams auf dem Boden Deckung nahm. Danach aber wurde es still, und erst als Harrison sich duckend dem Fenster näherte, um es zu öffnen, klopfte es ein zweites Mal. Harrison legte den Finger an die Lippen und winkte, mit hinauszukommen. Unter dem Fenster hockten zwei Gestalten in Regenmänteln und Kapuzen. Harrison pfiff. Die beiden hoben sofort die Arme. Es waren Deserteure. So geschah es, dass bei der nächtlichen Rückkehr des Hubschraubers nicht drei, sondern fünf amerikanische Soldaten in Steinstücken waren, denn Harrison, Williams und Wilson hatten die Überläufer mit amerikanischen Mänteln und MP-Helmen vor den Blicken der Verfolger getarnt. Nur, wer sich im Schuhzeug auskannte und wer Unterschiede zu machen wusste in der Art, im Trupp zu gehen, hätte die beiden Flüchtlinge aus der Gruppe herausgefunden. DRÜBEN aber liefen sie zusammen und formierten sich, als wollten sie Steinstücken überrennen. Scheinwerfer flammten Pluskows Wiese ein, Beobachter saßen auf den Bäumen. Und weil die Amerikaner eine Schießerei befürchteten, mieden sie die offene Seite und winkten den Hubschrauber bis dicht an die Gärten heran. So entkamen die Flüchtlinge im Schutz von Haselnusshecken und Pflaumenbäumen. Das Dorf aber schlief, und kaum jemand ahnte, warum am nächsten Tag die Landvermesser ihre roten, weißen Stöcke und Fähnchen um Steinstücken schlugen, Messbänder ausrollten und Zahlen in Faltpläne einschrieben, achtunddreißig Tage, nachdem sie die Stadt umgangen hatten, vierundzwanzig Stunden nach der ersten Landung des Hubschraubers, acht Stunden nach der zweiten, mitternächtlichen. Noch während sie ihre Arbeit taten, von Soldaten und Männern in grünen Ledermänteln bewacht, von Männern, die aussahen, als hätten sie schlecht geschlafen, noch während sie Bänder rollten, Zahlen schrieben und Fähnchen steckten, fuhren hinter den Kiefern Lastwagen auf, die Spanische Reiter geladen hatten, überkreuzte Baumstämme, mit Stacheldraht verzogen, an den oberen Enden angespitzt wie riesige Zahnstocher. Harrison, Williams und Wilson standen mit umgehängten Maschinenpistolen in Abständen von fünfzig Metern, um sie herum Pluskow, Nick, Hauptmann Brinkmann, Anni, die Steinsche, die andern mit Hunden und Schirmen und Einkaufstaschen, aber sie alle waren machtlos gegen die kleinen, gelben Kreidestriche der Landvermesser auf den schwarzen Steinen der Querstraße, über die man die Spanischen Reiter zog, begleitet von Trillerpfeifen und Kommandos. Zwar trat Harrison einmal mit dem Fuß gegen einen der Spanischen Reiter und drohte dabei mit der Waffe, zwar rief die Brinkmann laut hinüber, mit Zigaretten und Äpfeln und Schnaps sei nun endlich Schluss, und niemand solle sich unterstehen, ihr noch einmal die Tageszeit zu sagen, zwar schrie Pluskow, vor der Tür seines kleinen Erdbunkers stehend, er habe nicht mit Menschen, sondern mit Eiern und Butter und Essig gehandelt, zwar begann Nick, den Kreis um Steinstücken abzugehen, einmal und noch einmal, wie um sich der Enge und Abgeschlossenheit zu vergewissern, doch weder Harrison noch Frau Brinkmann noch Pluskow oder Nick konnten verhindern, dass vor und hinter den Spanischen Reitern Betonpfeiler gesetzt, Drähte gezogen und Rollen gelegt wurden, so dass der Weg zwischen Straße und Haus schmal wie ein Pfad durch Buschwerk oder Schilf wurde. Dennoch gelang es Frau Brinkmann, ein Stückchen Land zurückzuerobern. Mit einem Metermaß, wie man es zum Schneidern benutzt, maß sie jede Ecke ihres Gartens nach. Vierunddreißig Zentimeter und an einer Stelle sogar sechsunddreißig Zentimeter waren Reiter und Pfahl zu weit nach Steinstücken gesetzt worden. Einer Hyäne gleich stürzte sich Frau Brinkmann auf den zuständigen Offizier, der alles sofort nachmessen und zurechtrücken ließ. Triumphierend stellte sie ein neues Schild AMERIKANISCHER SEKTOR auf, sie grub es tief in die Erde, damit es sich bei Wind nicht über die Grenze bog. So und nicht anders hat sich alles damals zugetragen.

13

Georg wurde am nächsten Morgen durch heftiges Türklopfen aus dem Schlaf geschreckt. Bis tief in die Nacht hatte er mit Faßbinder zusammengesessen, hatte nach Möglichkeiten gesucht, ihn aus seinem Verlies zu befreien. Von nächtlichen Spaziergängen durch den Garten und von gelegentlichen, mit aller Vorsicht durchgeführten Aufenthalten in den Zimmern des Hauses abgesehen, hatte Faßbinder den Keller seit Gollaschs Flucht nicht mehr verlassen. Schon nach wenigen Wochen war er um Jahre gealtert. Er, der immer um Jahrzehnte jünger ausgesehen hatte, verfiel, als habe man einen Baum in eine verödete Wüste verpflanzt. Und doch wollte er die Möglichkeit, die sich so unerwartet ergab, die geradezu für seine Lage erfunden schien, nicht nutzen. Sie war ihm, wie er sagte, zu billig, weil er in dieser Möglichkeit nicht nur sich und sein eigenes Schicksal sah, sondern etwas Spezifisches, das er nicht trennen mochte von Ursachen und Spannungen, die Steinstücken erst geschaffen hatten. Georg, dem ein solches Verhalten unverständlich war, weil es ihm ohne jede Vernunft schien, hatte heftig widersprochen. Doch Faßbinder antwortete mit ausschweifenden Erklärungen, in denen von Sackgasse die Rede war, vom Versagen einer Generation, von schuldig und dass alles längst angefangen hatte, als Steinstücken noch ein unbedeutender Flecken in schöner Umgebung war, bekannt nur einigen Ausflüglern und Liebespaaren. Nichts konnte seinen Redefluss aufhalten, er baute an einem Mosaik, zu dem er Stein um Stein aus der Erinnerung zusammentrug, Pfaffen und Krankenschwestern, Rechtsanwälte, SA-Männer und Bankangestellte, Uhrmacher und Zahnärzte, Juden, die man in den Tod getrieben hatte, Lumpen, die sich an ihrem Tod bereichert hatten und die niemand zur Rechenschaft zog. Schließlich der Redakteur Bruno Vitz, dessen Geschichte nie fehlte und die Faßbinder in immer neuen Variationen vortrug. Wahr schien zu sein, dass Bruno Vitz mit Faßbinder im Lager war und dass man ihm nach dem Krieg das kleine, lokale Blättchen gab, das die ganze Stadt las. Um die Zeit der Währungsreform aber, als der große

Umschwung einsetzte, machte der Redakteur Bruno Vitz Schwierigkeiten, so wie er dreiunddreißig Schwierigkeiten gemacht hatte. Und weil er nicht schweigen wollte und in seinem kleinen Blättchen unter der Rubrik „Aus Stadt und Land“ Namen nannte und dabei weder diejenigen schonte, die nun wieder eine Rolle spielten, nachdem sie gerade eine Rolle schlecht zu Ende gebracht hatten, noch diejenigen, die damals wie heute ihren Segen gegeben, die Soldaten und Bomben wieder als Feuer Gottes gegen den Atheismus gelten ließen und die darum beteten, Gott möge einen Sturm schicken, der die Mauern des Kremls zum Einsturz brächte, weil er lieber in abgeschlissenen Hosen herumlief und billige Zigarillos am Ecktisch des Cafés hinter der Sparkasse rauchte, und weil er es ablehnte, sich als Stadtverordneter in das Rathaus wählen zu lassen, nutzte man seine tiefe, kranke Verzweiflung und brachte ihn durch einen gerichtlichen Beschluss in eine von frommen Mönchen geleitete Trinkerheilanstalt, von wo aus er sieben Wochen später, nachdem er eines Nachts in Pantoffeln und im Schlafanzug entwichen war und die Redaktionsstuben seiner kleinen Zeitung in Brand gesteckt hatte, in eine Nervenklinik überführt wurde, wo er drei Jahre später, ohne dass vorher seine Angehörigen verständigt wurden, starb. Nach dieser Geschichte war Faßbinder immer sehr erregt. Er wollte dann seine Ruhe haben und begann zu brüllen, so dass es Georg meistens vorzog hinaufzugehen. So war es auch in der Nacht zuvor, und er wunderte sich, dass sein Schlaf nicht tiefer war, so dass er wie elektrisiert aufsprang, als sie gegen die Tür klopften.

Vom Fenster aus erkannte er Pluskow und die drei amerikanischen Soldaten, die ihre Namen auf das Hemd genäht trugen: Harrison, Williams, Wilson. Georg hatte die Tür geöffnet, sie standen vor ihm, als wären sie sich nicht einig, wer ihr Sprecher sei. Endlich trat Pluskow vor, die drei Soldaten postierten sich im Halbkreis dahinter. Sie hatten die Helme in den Nacken geschoben, der Riemen baumelte lose herunter, die Empies hielten sie lässig unter den Arm geklemmt, die Hand wie spielend am Abzug. Sie benahmen sich wie Soldaten während einer Kampfpause, jedenfalls sieht man es so in den amerikanischen Filmen. Sie lächelten Georg an und kauten. Auch Pluskow lächelte, auch Pluskow kaute. Er deutete mit den Armen auf die drei Soldaten, er drehte sich halb dabei um, machte große Hände, nahm den Hut vom Kopf, verbeugte sich, ist es mir, ist es unseren Freunden eine große Ehre, die Soldaten nickten, lächelten, kauten, ganz besonders Sie, die Soldaten nickten, lächelten, kauten, heute Abend als Gast der amerikanischen Armee zu sehen. Aus Anlass des amerikanischen Unabhängigkeitstages werden Truthähne verspeist. Weil auch wir nunmehr, Pluskow klatschte vor Aufregung in die Hände, eine gewisse Art der Unabhängigkeit, Pluskow drehte sich abwechselnd Georg und den Soldaten zu, wusste nicht mehr weiter, stotterte, stotterte nicht, die Soldaten verstanden nichts, lächelten, nickten, kauten, nickten, lächelten, kauten, Harrison wollte helfen, sagte einmal TAK, dann WELL. Bringen Sie guten Appetit mit, sagte Pluskow jetzt, bringen Sie Teller, Gabel, Messer mit. Die Soldaten klapperten mit den Empies, sagten YÄSSÖR, viel essen. Danach begannen sie hin- und herzutänzeln, auf der Stelle, von einem Bein auf das andere, wie Bären im Zoo. Ihre Gesichter bekamen plötzlich einen gequälten Ausdruck, Pluskow verstand als Erster. Die Herren wollen mal, sagte er, und er kicherte, als habe er ein altes Weib verschluckt. Georg zeigte auf den Zaun, die Soldaten legten die Waffen vor seine Füße und knöpften ihre Kampfhosen auf. Und während sie Georg den Rücken zukehrten und unter den Sonnenblumen standen, die ihre Köpfe hängen ließen, überlegte er, warum er die Einladung der amerikanischen Armee nicht ausschlagen konnte, dass er sie vielmehr nutzen sollte, um eine Möglichkeit für Faßbinder zu finden, denn er hatte den festen Entschluss gefasst, auf eigene Faust etwas für Faßbinder zu tun. Zum ersten Mal war Georg vor eine Entscheidung gestellt, wo es allein auf ihn ankam. Von ihm würde es abhängen, welchen Lauf die Dinge nähmen. Dass die Ereignisse des Tages alle Pläne, Entschlüsse und Überlegungen sinnlos machen würden, dass er am nächsten Morgen Merz in die Arme laufen sollte, Merz, dessen Gedankenwelt von kläglichen Einflüssen korrumpiert war, dass ihn dieser und der folgende Tag in ein Gewirr von Konflikten, von Selbstanklagen und Vorwürfen bringen sollte, hätte er sich nach dem Besuch Pluskows und der drei Soldaten nicht träumen lassen. Alle hatten sie ihm beim Abschied die Hand gegeben, und die Zähne, die sie zeigten, sahen nicht aus, als wollten sie zubeißen. Besonders Pluskows kleine gelbe Mäusezähne nicht. Sie waren weitergegangen, und überall hatte Pluskow sein Sprüchlein wiederholt, freuen wir uns, ganz besonders Sie, die amerikanische Armee.

Der Hubschrauber, den sie DAS DING nannten, was, wie Nick bemerkt hatte, typisch für den unbefriedigten Zustand Steinstückens sei, kam gegen Mittag zum ersten Mal. Auf Pluskows Wiese waren am Morgen einige der kleinen, graublättrigen Apfelbäume gefällt worden, so dass der Hubschrauber ungehindert und ohne Gefahr landen konnte. Dennoch drehte er jedes Mal eine Schleife, kam erst über den Wald, flog die Wiese an, bog dann noch einmal ab, nahm Höhe, zog einen Kreis ungefähr bis über die rote Brücke, noch einmal zurück bis an den Wald, dann schroff nach unten. Die Soldaten entluden runde, schwarze Kessel, die sie in Pluskows Küche trugen, wo die Steinsche, Katharina und Frau Brinkmann die Deckel abhoben und ihre Nasen in Kartoffelberge, in Gemüse und Soßen steckten. Begeistert waren sie von den bläulich blutenden Hälsen der Puten, den blaugeäderten, festen, fleischigen Knöchelchen und gelben Füßchen, die sie mit Brotsägen und Messern abschnitten. Kreischend gingen die Frauen mit den abgeschnittenen Füßen aufeinander zu, rollten die Augen und zogen an den Sehnen, so dass sich die Krallen spreizten. Die Steinsche ließ eines der Füßchen auf dem Tisch spazieren gehen, mal ängstlich trappelnd, mal stolz einherschreitend. Sie gurrte dabei wie eine Taube, worauf Frau Brinkmann sie mit einem beinahe echten Gackern und mit Hinterndrehen verbesserte, was die Soldaten wiederum zu hellem Krähen und Hälsestrecken ermunterte. Katharina aber legte ihr Ohr auf die nackten Bäuche der Puten, als suche sie nach einem Herzschlag. Die Brutlust darf auf keinen Fall unterbunden werden. Angestrebt wird eine Pute, die sowohl widerstandsfähig als auch frohwüchsig ist. Tagsüber wandern die Puten nahrungsuchend in Trupps umher. Sie fressen Grünzeug, Früchte, Samen und Insekten. Vor Feinden fliehen sie zu Fuß. Ungern fliegen sie auf. Die Nacht verbringen sie auf Bäumen. Den Winter über halten die alten Hähne in Trupps zusammen. Sie spielen Skat und trinken Wodka. Manchmal sehen sie sich ein Länderspiel an. Im Frühjahr besetzt jeder von ihnen ein Revier. Hier zeigt er kollernd, mit schleifenden Schwingen und radschlagend die bekannte Balzstellung. Die Hennenscharen lösen sich in kleine Grüppchen auf. Jedes von ihnen tritt als Harem zu einem alten Hahn. Dem Hahn fehlt bekanntlich der Federbüschel an der Brust. Sein Gefieder ist dunkler, es glänzt blauschwarz und grün. Die Oberschwanzdecken und die Schwanzfedern tragen grünblaue Augenflecken. Der Kopf ist bläulich und zeigt gelbrote Warzen. Die Henne ist nicht ganz so auffallend. Die Hennen können so lange zur Zucht benutzt werden, wie sie leistungsfähig sind. Die Hähne werden meistens im zunehmenden Alter zu schwer und verletzen dann sehr leicht beim Tretakt die Hennen. Nach Dr. August Oetkers Kochbuch aus dem Jahre 1953 werden Hahn und Henne gebraten wie eine Gans. Ist die Pute mager, bestreicht man sie mit Butter oder Margarine und bindet Speckscheiben auf die Keulen. Der Kropf kann gefüllt werden, man nimmt dazu feingehacktes Herz, Magen und Leber.

Während die Frauen Wasser in Töpfe füllten, Öfen einheizten und Töpfe aufsetzten, während sie einteilten und ausrechneten, wie viele Keulchen und Flügel, wie viel Brust- und Rückenfleisch auf wie viele Steinstückener kommen würde, während Bratröhren eingefettet, Salz und Pfeffer, Lorbeerblätter und Nelken und Zimt eingestreut und eingelegt wurden, rückte Pluskow Tische und Stühle in lange Reihen, spannte er Papiertischtücher, baute er Bänke aus Ziegelsteinen und Brettern, schmückte er Wände und Decke mit Girlanden, Luftschlangen, Apfelbaumzweigen und amerikanischen Papierfähnchen aus, hämmerte er Präsident und Bürgermeister über den Biertresen, schleppte er den grünen Plüschsessel seiner verstorbenen Mutter herbei und stellte ihn an die Stirnseite des längsten Tisches, Ehrenplatz für die älteste Einwohnerin Steinstückens, für Frau Witwe Heinrich Zänker geborene Seilmann.

Oma Schilpschilp, wie sie allgemein genannt wurde, weil sie mehr mit den Spatzen als mit den Menschen sprach, kam als Erste. Sie war sechsundneunzig Jahre alt und verließ nur zweimal jährlich das Dorf. An ihrem Geburtstag ließ sie sich in eines der berühmten Stadtcafés bringen, wo sie ein Stück Schwarzwälder Kirschtorte aß, und am Totensonntag fuhr sie mit dem Autobus an das Grab ihres seit über vierzig Jahren toten Mannes, der Zugführer bei der Deutschen Reichsbahn gewesen war und jeden Morgen, auch an den freien Tagen, um fünf Uhr aufstand. Zugführer Zänker galt im Familienkreis als Kenner von Schwarzwälder Kirschtorte, und so standen beide Ausflüge der Witwe im Zeichen ihres verstorbenen Mannes. Jetzt saß sie schweigend unter einem rötlichen Licht, das ein Kränzchen in ihr Haar zauberte, und der Plüschsessel gab ihr das Aussehen einer wahrhaftigen Königin. Ihr gegenüber saß der Rugbyspieler Hermann, ein glatzköpfiger, etwa vierzig Jahre alter Kneipenbesucher, der eigentlich keinen Beruf hatte und seine Zeit beschaulich vertat. Was ist das nur heute wieder ein herrlicher Tag, pflegte er auszurufen, nicht nur an blauen Herbst- oder frostklaren Januartagen, sondern auch dann, wenn der Regen Wald und Himmel davonzuschwemmen drohte. Hermanns Waden waren voller Narben, die er sich beim Rugbyspiel zugezogen hatte und die auf einen sehr üblen Trick hinwiesen, über den er sich allerdings nie aussprechen wollte. Hermann war ein gut anzuhörender Geschichtenerzähler und schwieg nur dann, wenn er es satt war, den Alleinunterhalter, wie er sagte, zu spielen. Sein

Schweigen aber war unerträglich, es war, als bräche eine Schallplatte vorzeitig ab oder ein Musikautomat, der zwar erleuchtet ist, für den aber niemand mehr einen Groschen übrig hat. Georg saß einige Plätze von Hermann entfernt, konnte aber, wenn er sich ein wenig vorbeugte, seine tiefe Stimme – von der man sich nicht vorstellen konnte, dass sie auch zum Singen tauglich wäre – von einem Mädchen namens Lydia erzählen hören. Lydia war im väterlichen Hause angestellt und nahm ihn sonntags zu sich ins Bett, um von einem Matrosen aus Elbing zu schwärmen, wobei sie den zehn- oder zwölfjährigen Hermann in den Armen hielt und seine Hand auf ihre Brust legte. Damals habe er seine ersten Erektionen gehabt, erklärte Hermann, worauf Oma Schilpschilp zu hüsteln begann und ihn strafend ansah. Links von Georg saß ein Mann namens Cyliax, dessen Vorfahren wohl aus Polen stammten, ein Mann, der weder sprach noch schwieg, so schattenhaft war seine Erscheinung. Hätte man versucht, sein Alter zu schätzen, so hätte er dreißig oder sechzig Jahre alt sein können. Er streckte die Arme weit von sich auf den Tisch, saß gerade mit dem Rücken an die Wand gelehnt und hielt Messer und Gabel umkrampft, als wollte ihm jemand etwas wegnehmen. Cyliax lebte von Übersetzungsarbeiten, denn irgendwo hatte er einmal die italienische Sprache erlernt. Man erzählte sich allerdings, dass er nie einen Auftrag hatte ausführen können, weil er immer gerade seine Schreibmaschine ins Pfandhaus getragen hatte. Umso geschwätziger war der Mann rechts neben Georg, ein seniler Alter mit weißen Haaren, der Nick ein wenig ähnlich sah. Er beschwor die alte Zeit, und es war ihm gleich, ob jemand zuhörte oder nicht. Weinerlich, mal poetisch, mal schnodderig, liefen seine Geschichten ab. Früher hatten wir es gut, sagte er, da fuhren wir an den Rhein, da hatte ich ein Sommerhaus, so eine Art Landhaus, gelbe Farbe, Efeu, Terrasse. Wir sahen auf den Fluss, eine lange, blanke Straße, Schiffe, Kähne mit finsteren Gesängen im Frühnebel, zogen vorbei, vorbei, den Rhein hinunter, bis an den Berg, der wie ein Riese den Hintern stramm machte und den Fluss in eine andere Richtung zwang. Wir sahen auf die kleine Stadt, auf die mittelalterlichen Stadttore, auf die Türme der katholischen und der evangelischen Kirche, auf den Rathausturm mit der schrillen Bimmel. Gegenüber die besseren Häuser im Berg, davor die Dächer der engen Stadt, eins am andern, geschachtelt, eingeklemmt, krumm. Sehen Sie, ich war Beamter, und jetzt habe ich eine schöne Pension. Davon kann ich gut leben. Jedes Jahr ein Kürchen, wissen Sie, Wasser treten, Tau treten, Kniebeugen. Jedes Jahr in den Wintersport, das kostet mich nicht viel, ich hab da Verwandte, die nehmen mich gern, weil – ich mach mich da etwas nützlich. Im Ersten war ich Offizier, Fliegeroffizier. War ja eine Art Sport damals, ganz gemütlich eigentlich, wenn mans bedenkt, im Vergleich zu heute. Man flog umher, drehte ein paar Kürvchen, warf nebenbei ein Bömbchen ab, trafen nie, nur so. Göring habe ich gut gekannt. Ein patenter Junge. Ritterlich. Schoss grundsätzlich niemanden tot, flog ran mit dem Doppeldecker, drückte ab, zielte auf Arm oder Bein, schon war der Tommy kampfunfähig. Göring war Frühaufsteher, immer pünktlich, wie sein Lokomotivführer, der den Silberzug gefahren hat. Den kenn ich gut. Kommt im Sommer immer Kirschen pflücken. Ganz früh, noch vor den Staren. Ich steh erst gegen neun auf. Dann frühstücke ich, darüber wirds elf, geh in den Garten, nehm hier ein Äpfelchen und da ein Pfläumchen, nach einer Stunde hab ich ein ganzes Pfund gefuttert, immer gute Verdauung, müssen Sie sich merken. Im Zwoten war ich nur beim Volkssturm. Als die Russen anrückten, haben wir die Waffen vergraben und sind nach Hause getürmt. Am nächsten Tag kommen die Russen zu mir und sagen, hör mal zu, lieber Freund, da drüben steht ein Geschütz, das muss bis morgen Mittag vom Damm runter. Also ich sage, das Ding ist ja wohl nicht aus Pappe. Das ist ihm egal, sagt er, Sie sind eine demokratische Persönlichkeit, sehen Sie zu, wie Sie das machen, wenn das Geschütz bis morgen Mittag nicht vom Damm ist, Sie werden erschossen. Was sollte ich machen? Hab mir jeden Mann, den ich traf, aufgegriffen, waren ja nicht viele damals, hab ihm gesagt, hör mal zu, alter Junge, da drüben steht ein Geschütz, das muss weg. Nächsten Mittag war das Geschütz weg. Bin dann eine Zeit lang Bürgermeister gewesen. Heute habe ich eine schöne Pension. Ja, das mit Faßbinder ist mir nahegegangen. War ja auch nicht im Krieg. Hat Glück gehabt, wenn man so will, zwölf Jahre Buchenwald. Schönes Städtchen, Weimar. Schiller und Goethe, ganz schön, vierundvierzig war ich da zur Sommerfrische. Einmal waren wir in …

Auf der anderen Seite, neben Nick, der im Stresemann erschienen war, saß der Gitarrenspieler Moosbauer. Er nannte sich Franticek Bratislava und hatte eine gewisse Berühmtheit erlangt. Wenn man so will, war er der berühmteste Einwohner Steinstückens, und erstaunlicherweise duldeten sie ihn trotz seines fremdländischen Namens. Der Erfolg aber machte ihn nicht glücklich. Immer und immer lief er mit einem mürrischen Gesicht herum. Er hatte sich die Pose des Leidenden zugelegt, was besonders auf die älteren Damen Steinstückens großen Eindruck machte. Er benahm sich dem Leben gegenüber, als hätte es ihn betrogen, und nie wäre er auf den Gedanken gekommen, dass er es war, der das Leben betrog. Immer nur sprach er von den grauen Stunden, die das Schicksal für ihn bereithalte. Sohn eines strengen, autoritären Postbeamten, hatte er, nachdem er mit seiner Gitarre zu Geld gekommen war, ein gewisses Nachholbedürfnis an luxuriösem Lebensstil zu befriedigen, das er mit den Jahren zu einer Art Weltanschauung entwickelte. Er aß nur englische Marmelade, rauchte nur teuerste ausländische Tabaksorten und fuhr einmal im Monat nach Hannover, um sich dort die Haare schneiden zu lassen. Oft ließ er sich in einem der exklusiven Ateliers der Stadt fotografieren. Misslungene Aufnahmen mussten sofort und in seinem Beisein vernichtet werden. Die meisten Fotos zeigten ihn mit niedergeschlagenen Augen und herabgezogenen Mundwinkeln, als leide er an den Fragen des Lebens, am Woher und Wohin, am Nichts oder am Sein. Über Karikaturen in Zeitungen war er böse, Freunde hatte er immer nur für kurze Zeit. War er zunächst rührend um sie bemüht, kränkte er sie, ehe der Hahn auch nur einmal gekräht. Georg war oft unter seinem Fenster vorbeigegangen, um ein paar Töne seiner Gitarre zu erhaschen. Die Steinsche hatte behauptet, Moosbauer spiele Jazz, wobei sie das Wort Jazz aussprach, wie man es schreibt. Jazz, hatte sie gesagt. Doch was er spielte, war weder Jazz, noch waren es süße neapolitanische Liedchen, es waren Schnulzen, wie man sie von morgens bis abends im Radio hören kann. Nun saß er zwischen Nick im Stresemann und Tierarzt Montag eingeklemmt, dessen schmale Gestalt in einem schwarzen Anzug versunken war. Der Schneehimmel seiner Augen stand in starkem Kontrast zu seiner geckenhaften Kleidung, seitlich geschlitztes, mit weißen Kordeln verziertes Cowboyhemd, über einer schwarzblau karierten Hahnentritthose getragen, gelbe Schuhe und dunkelblauer Schal, der seinen großen Adamsapfel verhüllen sollte.

Sie alle vor ihren mitgebrachten Tellern, vor flachen oder tiefen, vor Blümchen, Goldrand und holländischen Mühlen. Pluskow verteilte Stars und Stripes, weiße Stars auf Blau, sieben rote Stripes, sechs weiße. Er winkte nach vielen Seiten, schmunzelte, lächelte und verbeugte sich, aus der Küche Klappern und Dämpfe, die Frauen witterten. Bald darauf Geraune und laute Erwartung, Harrison, Wilson und Williams schöpften auf, zerschnitten und zählten ab, rechneten nach, überschlugen die vorhandenen Mengen, gaben hier mehr, da weniger, Nick hielt den Teller besonders lange hin, auch Tierarzt Montag hätte man allerhand zugetraut, nur keine Gefräßigkeit. Und während Messer und Gabeln über Teller hüpften, während sie alle Zähne zeigten, während Wohlbehagen um sich griff, Raum und Zeit auffüllte, während Cocacolaflaschen an den Mund gehoben wurden, was selbst Oma Schilpschilp mit großem Geschick fertigbrachte, während Finger fettig wurden und in Papierservietten oder Tischdecken fassten, während sie schweigend, aber stöhnend aßen und man den Ofen brennen und den Wind ums Haus raunen hörte, kam, von Scheinwerfern verfolgt, das Ding über den Wald, um neue Waffen und neue Kisten mit DANGER zu entladen. DRÜBEN aber waren die Kiefern gestürzt, ihre Stämme und Zweige türmten sich zu Hindernissen. Ein Lautsprecher suchte einen Mann namens Krause. In Krauses Haus hatte man 256 Westhemden, 18 Paar Westschuhe, 12 Westanzüge und an die 400 Schweizer Uhren gefunden. Für einen Augenblick stockte den Essern in Pluskows Schankraum der Atem, als von DRÜBEN die hektische, hallende, dunkelgläubige Stimme rief: Hamster-Krauses Schweizer Uhren gehen falsch. Hamsterhöhle, Verbrechereldorado und die Sümpfe in Steinstücken, die trockengelegt werden müssen, verschluckte der aufrasende Rückenflügel des Hubschraubers.

Minuten später aber war das Schreckliche geschehen. Eben noch Lächeln erhitzter Gesichter, Prüfen und Aufspießen von fettglänzenden Fleischstückchen, Zurücklehnen, aufkommende Wärme, wachsende Berge von abgenagten Geflügelknochen, Pluskows dürre Rede von Freiheit und Freundschaft, sein peinliches Verschen zum Schluss, Harrisons breites Grinsen. Die Tür war plötzlich wie vom Wind nach außen geschlagen, jemand schrie ZUMACHEN!, aber es waren nur die schwarzen Mauern des Himmels und des Waldes, die weißen Betonpfähle, aufstehende Nagezähne, das Gewirr des blinkenden Drahtes mit abgewehtem Gras. Das Lachen brach ab, das Durcheinander der Stimmen, nachklapperndes Besteck, umfallende Flaschen, Stühlerücken, zuletzt die Stimmen aus der Küche. Und in die entsetzliche Leere entsetzliche Schritte eines Mannes, der das Gehen verlernt hatte, nachziehend, atmend, verängstigt. Der sich vortastete von Stein zu Stein, abspürend, ob darunter nicht ein Abgrund sei, verirrt, mit abdrehenden Armen, mit stummen Hilferufen, denn Wind und Nacht hatten ihn überfallen und seine Stimme erstickt. Wege von kreisender Unendlichkeit war er gegangen, Schritte zählend wie die Gefangenen eines Gefängnishofes, Runde um Runde, Zeit um Zeit. Nirgends ein Ausweg, nirgends eine Möglichkeit, dem Bann zu entkommen, über einen Umweg, über den Nebel, Totenkleid der Wälder, das seinen Herzschlägen nachstellte. Alles hatte sich von

Grund auf verändert, und die, die einen Sieg zu feiern glaubten, hockten nur hinter einer tollkühnen Verschanzung. Das Dorf würde eingeschnürt werden, jede Stunde das Atmen schwerer machen. Siege würden nichts mehr gelten, weder heute noch irgendwann; es sind Fragen zu stellen. Stapfend näherten sich seine Schritte der offenen Tür und dem Anbruch der Stille. Erst als er über die Schwelle getreten war und die Hände, mit denen er seine Augen vor der plötzlichen Helle schützte, heruntergenommen hatte, schrien sie entsetzt auf. Faßbinder stand da, wie ihn jeder im Dorf kannte, ein wenig vornübergebeugt, den Kopf schräg zur linken Schulter hin, lächelnd. Und als sie sein Lächeln nicht erwiderten, weil das Entsetzen sie zu lähmen schien, als sie dann aufsprangen und auf ihn zustürmten in Festtagskleidung, Messer oder Gabel in der Hand haltend, mit in Rock oder Hose eingesteckten Servietten, ergriff er die Flucht, lief im Bogen um Pluskows Wiese, an heruntergenommenen Läufen ermunterter Gewehre vorbei, an Hundegebell, an Türen, die der Wind zuschlug. Hinter ihm rufende Außeratemstimmen, man rief seinen Namen, man warnte ihn, man flehte ihn an, stehen zu bleiben, zu warten, zu warten. Faßbinder aber lief und hörte nichts, er lief wie um sein Leben, quer jetzt über die Wiese, auf den anfliegenden Hubschrauber zu, mit weit von sich gestreckten Armen, als wollte er ihn auffangen und erdrücken. Was dann geschah, war der Ablauf einer einzigen, erstarrten Sekunde. Das Ding stürzte knallend vornüber. Das Rad auf dem Rücken schlug in den Sand und knickte um. Die Lichter unter dem Ausstieg und am Heck zischten auf und erloschen. Eine Flamme fraß sich über das Glas der Kanzel nach oben, über das auflodernde Feuer sprangen zwei oder drei Männer, rannten auf die Schreienden zu und trieben sie bis an den Rand der Wiese zurück. Dann die Explosion, dann die gegen den Wald aufstechende Flamme. Von DRÜBEN das Aufblitzen von Scheinwerfern, Leuchtkugeln schossen an den Himmel der Wiese, eine Alarmglocke schrillte. Unter dem Taglicht schienen die Einwohner Steinstückens ein Haufen vereister Zwerge. Dann fiel eine zweite Nacht über sie.

Als Georg am Morgen das Dorf verließ, hatten sie hinter der roten Brücke ein zweites Kontrollhaus errichtet. Der Himmel hatte eine violette Färbung und dahinter stiegen immer noch dunkle Rauchwolken auf. Kaum war das Ausmaß des Unglücks bekannt geworden, war Georg in das Haus Faßbinders zurückgegangen. Zwei Stunden lang hatten sie an die Tür geklopft, ohne dass er ihnen geöffnet hätte. Gegen sechs Uhr morgens packte er eine kleine Tasche mit dem Notwendigsten und schrieb einen Brief an Nick. Die Tür ließ er offen. So kam er an die Schranke, hinter der die Männer auf ihn warteten.

Was die Zeitungen über die Vorgänge in S. schrieben, war gegen den Wald und seine Bewohner gerichtet. Es war böse und verdreht, es widersprach sich. Niemand wusste etwas Genaues. Niemand gab eine Erklärung. Niemand gab eine Auskunft. S. blieb dunkel in einem Netz von Gerüchten und Vermutungen. Am Morgen des fünften Tages öffneten sie Georgs Zelle und riefen seinen Namen auf. An Türen und Türen vorbei, brachten sie ihn zum Verhör. Als sie ihn über die schmale Eisentreppe in das helle Zimmer des Richters führten, wo es einen richtigen Stuhl und einen richtigen Tisch gab, auf denen Blumen standen, zitterte er ein wenig. Doch dann versuchte er, S. zu erklären.

Die bewachte Wand

Steinstücken, in einem Wald versteckt, hinter Busch und Regen, von Augen umgeben, von Schritten.

STEINSTÜCKEN. Was ist das? ... *Ein schöner Allerweltsname aus zwölf Buchstaben, schön wie Bergstücken, schön wie Steinbrücken, mit einem gackernden Frühjahr, mit heißen, wolkenlosen Sommertagen, einem wehmütigen Winter und mit einem Herbst, der so groß war, als sei er das Herz der Welt.* Der Assoziation eines gewöhnlichen Dorffriedens steht ein anderer Klang gegenüber: hart, zerstörerisch, unheimlich, fast mystisch. STEINSTÜCKEN.

***

1945 wurde die Berliner Stadtgrenze zur Zonengrenze. Steinstücken kam als Ortsteil von Zehlendorf zum Amerikanischen Sektor von Berlin, das umgebende Babelsberg zur Sowjetischen Besatzungszone. Zunächst blieb die Grenze für Zivilisten passierbar. Im Oktober 1951 versuchte die DDR die Exklave im Handstreich zu annektieren und stieß dabei auf den Widerstand der Bewohner. Nach dem Einschreiten der US-Army machte sie diesen Akt wieder rückgängig. Seitdem wurde Steinstücken durch DDR-Armeeposten abgeriegelt und durch US-Militärpolizei bewacht. *Der eine sieht durch ein Fernglas über die Grenze, wo ein Polizist steht, der durch ein Fernglas über die Grenze sieht, wo ein Soldat steht.* Den Einwohnern wurde verboten, die umliegenden Ortschaften sowie Potsdam frei zu betreten.

(...)
Wir sind nicht viele. Doch berühmt.
Willy Brandt braucht einen Passierschein.
Die Pappeln sind spitz. Die Schranke
Sieht aus wie eine Kanone.
Im März brennt der Mohn schon. Im Juni liegt Schnee.
Sie brauchen Mut, mein Herr.
Kommen Sie bald. Bei Sonnenschein
Spielen wir mit den Igeln.

Der einzig verbliebene Zugang nach Westberlin verlief nun über einen Waldweg und zwei Grenzübergänge nach Kohlhasenbrück. Im Juni 1952 verbot die DDR allen Westberlinern das Betreten ihres Staatsgebietes mit Ausnahme Ostberlins. Straßensperren wurden an der Berliner Außengrenze befestigt, so auch an den Grenzen Steinstückens. Seit dem Bau der Berliner Mauer im Jahr 1961 wurde Steinstücken Ziel zahlreicher Fluchtwilliger aus der DDR, weil in diesem Bereich nur hölzerne Barrieren, sogenannte Spanische Reiter, standen. Als auch mehrere DDR-Grenzsoldaten an dieser Stelle in den Westen flohen, ließ die Regierung 1964 die Exklave durch eine gesonderte Mauer abriegeln und machte diese Grenze ebenfalls nahezu unüberwindlich. Eine bewachte Wand.

***

STEINSTÜCKEN ist Geschichte, Gedicht, Roman, Erinnerung. Erinnerungen bestehen aus Episoden, Bildern, Farben, Klängen, Träumen, Gefühlen. Sie sind wahrhaftig, doch nicht immer verlässlich. Rolf Haufs, der den Roman geschrieben hat, hat über und *um* sein Leben geschrieben. Kein Roman ohne Leben.

Rückblick. Kulissenwechsel. Kindheitsort des Verfassers: Die niederrheinische Kleinstadt Rheydt (seit 1975 zu Mönchengladbach gehörend), deren berühmtester und zugleich berüchtigtster Sohn Joseph Goebbels war: der Reichspropagandaminister, das „Hinkebein".

Luftbild Rheydt 1935: Fabriken, Schlote, Kirchen, das Schloss. *Joseph ging durch die katholische Stadt und verfluchte seinen Fuß, der ihm folgte wie fremd … woanders morden, dachte er, mordete überall …* Der Knabe Haufs war gottgläubig, steckte hoch aufgeschossen im Lederkorsett, im Luftschutzkeller, im Angstraum. 1944 wurde der Neunjährige zusammen mit seiner ein Jahr jüngeren Schwester in ein Kinderheim in den Harz verbracht. Dort wurde er von den Erzieherinnen geschlagen, gedemütigt, die Treppe hinuntergestoßen. *Heilfitler riefen die Tanten / Heilfitler antworteten die Kinder.* Im März 1945 lag Rheydt in Schutt und Asche. *Eines Tages fand man einen fremden Fuß verkohlt, weit weg von der katholischen Stadt.* Ein Foto zeigt: Auf der Schlossbalustrade stoßen amerikanische Offiziere auf ihren Sieg an.

Kindheit? Laßt mich in Frieden
Prügel die Splitter die Sprüche
Der Omama
(…)
Als Tanztier enden hinter verschlossenen Türen
Die Knochen meines Großvaters klingeln
Etwas liegt in der Luft.

Schon als Schüler hatte Haufs gemerkt, dass etwas Unaufgeklärtes in der Luft der Nachkriegsära lag. Am Mittagstisch gab er gern mit rebellischer Fantasie skurrile Geschichten zum Besten und parodierte seine Lehrer. Nicht selten führten seine Auftritte zu familiärem Missbehagen. Den Eltern galt ihr Ältester oft als wunderlich und verschlossen.

Einmal bekam der Fünfzehnjährige (wahrscheinlich von kommunistischen Freunden) Fotos in die Hände, auf denen Tote eines NS-Konzentrationslagers zu sehen waren. Er lief schreiend durch die Wohnung, zeigte die Fotos seinem Vater und wollte von ihm eine Antwort. Es gab keine. Der Vater, geboren 1900, Angestellter bei der Deutschen Bank, war einer, der, selbst wenn er anwesend war, für den Sohn oft unerreichbar blieb. Seine Haltung hieß, wie bei vielen: Nur nicht auffallen! Die Mutter, Hausfrau, blieb für den Sohn ähnlich fern. Sie argumentierte oft mit harter Hand. Die Ohnmacht der Eltern hatte Gründe, die sowohl in persönlicher Überforderung als auch in den strengen Gegebenheiten der Zeit lagen. Ihrer Sprachlosigkeit konnte sich das Kind nicht entziehen. Noch nicht.

Mein Vater starb als die Kissen um seine Stirn wuchsen
Keine Bewegung verriet wem er begegnet war
Auch die Bäume vor dem Fenster verhielten sich still
(...)

Der Heranwachsende entwickelte einen Hang zu ungewöhnlicher Lektüre: Benn, Proust, Trakl, Heym, Lorca, Joyce, Kafka, Brecht, Majakowski. Und er begann, selbst zu schreiben. Von Neugier getrieben, befasste er sich intensiv mit Geschichte, Religion und Musik. Häufige Opern- und Theaterbesuche eröffneten ihm die Welt des Bühnenzaubers.

Haufs' Vater hatte, unter anderem weil das Geld knapp war, dem Sohn das Abitur verwehrt. Er sollte eine kaufmännische Lehre machen, was er auch tat. *Stechuhren. Akkordzettel. Immer das gleiche Trott-Trott.* Mitte der 1950er-Jahre knüpfte der frischgebackene Kaufmann und angehende Dichter erste Kontakte zur linken Literaturszene. Dort fand er seine literarischen Berater. So begab er sich öfter in die Düsseldorfer Wohnung des Lyrikers, Satirikers und „Vaters des deutschen Protestsongs" Gerd Semmer (1919–1967). Vom Freundeskreis des *Genossen in Marxo* wurde Haufs politisiert und lernte, *den tiefsten Tiefen* seiner *Traurigkeiten* literarisch zu widerstehen. Begegnungen wie diese ermunterten ihn, dem rheinischen Kaff samt Arbeitsalltag und Herkunftsfamilie den Rücken zu kehren.

Im April 1960 zog der 24-Jährige von Rheydt nach Westberlin. Als Exportkaufmann, der für eine große Firma Motoren, Elektrotechnik und Haushaltsgeräte vertrieb, wusste er, trotz beruflicher Anerkennung, dass solch auf Etabliertheit gerichtetes Schaffen seiner eigentlichen Lebensvorstellung entgegenstand. Er hatte anderes vor.

(...)
Da ich als Jüngling den Wanderstab umklammernd die Strecke nahm
Von Rheydt gen Düsseldorf über den Rhein zu Brown und Boveri
Und wieder von Brown und Boveri wo ich mein Auskommen hatte

Wieder von Brown und wieder von Boveri zurück in die
Mauern, die dunklen
Die Goebbels geboren der fortging ohne den Segen seiner armen
Mutter
Fortging wie Haufs ein Menschenalter später fortging
Immer fortging nach Steinstücken …
(…)

Berlin war für Rolf Haufs, wie für viele west- und ostdeutsche Intellektuelle, Künstler und Provinzüberdrüssige ein verheißungsvoller Zufluchtsort. Die Anziehungskraft der geteilten Stadt, die wie keine andere das Ausmaß und die Folgen des Zweiten Weltkrieges offenlegte, wurde für den jungen Mann vom Niederrhein Spiegel eigener Zerrissenheit. Grenzerfahrungen im Realen wie im übertragenen Sinne bestimmten seine Existenz. Bevor er jedoch der Urbanität der Großstadt anheimfallen sowie als Schriftsteller und Rundfunkredakteur beim Sender Freies Berlin Berufung und Ruhm finden konnte, musste er etliche Such- und Umwege beschreiten.

Am Stadtrand waren die Mieten billiger als in der Innenstadt. Daher führte Haufs' erster Weg von Rheydt weg ins Dorf STEINSTÜCKEN, ins *Niemandsland*. Gemeinsam mit seiner damaligen Frau mietete er sich bei dem Maler und Architekten Johannes Niemeyer (1889–1980) ein, Steinstraße 46, wo heute ein neu gebautes Reihenhäuschen auf nichts und niemanden verweist. In zweifelhafter Einfriedung hatte Haufs endlich Zeit für das, was seiner Leidenschaft, Unruhe und inneren Notwendigkeit entsprach. Er verfasste Gedichte, Artikel, Hörspiele, Buchrezensionen und begann die Arbeit am Steinstücken-Roman. 1961 wurde sein Sohn geboren. Neben der märkischen Kiefernidylle, dem Schreibprivileg und erster literarischer Anerkennung existierten jedoch Skrupel, Krankheit, Depression, familiäre Ablösung, rundum Grenzbarrieren, Soldaten, der immer kälter werdende Kalte Krieg. Doch Erschwernisse waren für Haufs stets (Treib-)Stoff für Literatur. Beim Schreiben stellte er seine Lebenslasten in Distanz zur eigenen Person, vermochte sie auf diese Weise zu durchschauen und gewissermaßen zu beherrschen. Ein tragfähiges Leidens- und Lebensmuster.

Die Bahngleise zerschneiden S. in zwei Hälften,
Auf beiden Seiten Häuser. Zäune.
Auf der einen Seite eine Wiese.
Auf der linken Seite der Wiese ist ein Fußballtor aufgestellt.
Ein kleines Mädchen mit Zöpfen tanzt zwischen den Torbalken.
Zwei Jungen kicken einander den Ball zu. Der Ball fliegt mir entgegen.
Sie werfen sich auf den Boden und schießen auf mich.
Du musst dich fallen lassen, rufen sie.
Ich lasse mich fallen.
Ich höre ihre Schritte näher kommen. Sie beugen sich über mein Gesicht.
Der ist hin, sagt der eine.
Komm, sagt der andere.

Seiner örtlichen, mitunter auch innerlichen Abgeschiedenheit zum Trotz pflegte Rolf Haufs Kontakte zu Menschen, die ihn anregten und auf den weiteren Weg brachten. Etliche seiner damaligen Schriftstellerfreunde und Förderer waren älter als er: unter anderem Robert Wolfgang Schnell, Wolfdietrich Schnurre, Günter Bruno

Fuchs, Christian Geissler, Franz Schonauer, Günter Grass. Als Jugendliche unmittelbar mit dem Kriegsgeschehen konfrontiert, waren viele von ihnen frustriert, ernüchtert, aus der Bahn geworfen. Nun suchten sie ihren Platz im Wirtschaftswunderland, das sie durch politische Neuausrichtung sowie durch gegenläufige Künste aufzuhellen versuchten. Für Haufs waren die väterlichen Freunde Autoritäten, ohne autoritär zu sein. Im Gegensatz zum eigenen Vater verfügten sie über Sprache, Ironie, Interesse, Anteilnahme und reflektierten kritisch jene Zeit, *da alle, alle keine Schuld hatten, da sie alle Befehlen gehorcht hatten, da sie sich alle nicht mehr erinnern konnten.* Unerbittlich im Willen, sich mit der Katastrophe, die ihre eigene einschloss, auseinanderzusetzen, versuchten sie zwischen Geldnot und Gelächter, Bitterkeit und Boheme, Singen und Saufen ihrem angegriffenen Dasein höchstmöglichen Lebenssinn abzuringen. Haufs war ihnen zugesellt, wenngleich er sich nicht allem, was sie ihm vorlebten und gezielt vertraten, gewachsen fühlte.

In dieser politisch turbulenten Zeit begann Rolf Haufs auch mit ostdeutschen Autoren sowie DDR-Kulturinstitutionen zu korrespondieren. Beispielsweise verkehrte er in Friedrichshagen bei Johannes Bobrowski, tauschte sich mit Peter Huchel, Georg Maurer und Paul Wiens aus, besuchte Tagungen des DDR-Schriftstellerverbandes. 1961 studierte Haufs am Institut für Literatur „Johannes R. Becher" in Leipzig, allerdings nur ein halbes Jahr, da ihm aufgrund seiner dubios erscheinenden „Ostkontakte" sowie dem *Verdacht wegen Beihilfe zur Republikflucht* Verhaftung drohte. Möglich ist auch, dass sich Haufs der dogmatischen Ideologie, die damals am Literaturinstitut allzu laut ihre Stimme erhob, nicht ausliefern wollte bzw. dass seine literarischen Texte nicht dem entsprachen, was man von linksorientierten westdeutschen Autoren erwartete.

Günter Grass vermittelte den Freund an den Luchterhand Verlag. 1962 erschien sein erster Gedichtband *Straße nach Kohlhasenbrück*. Im selben Jahr wurde Haufs in die von Hans Werner Richter begründete „Gruppe 47", die einflussreichste Schriftstellergemeinschaft Westdeutschlands, eingeladen.

Von Grunewald
Hacken der Amis ihre MG's.
Aus Richtung Babelsberg
Kommt die Volksarmee.
Manchmal möchte ich
Den Stahlhelm aus dem Garten holen.
Vom letztenmal, wissen Sie?

Die unmittelbare Nähe der befestigten Grenze, Angst, nächtliche Schüsse und die nun sichtbare Enge der Exklave bewogen Rolf Haufs im Mai 1962, von Steinstücken nach Berlin-Schöneberg umzuziehen.

***

STEINSTÜCKEN ist Erzählkulisse. STEINSTÜCKEN heißt Steinstücken, und es heißt DORF und heißt KAFF, und STEINSTÜCKEN heißt der Roman.

Da ist zunächst Georg, der als Alter Ego des Autors auftritt. Gleich in der ersten Szene wird seine Verhaftung beschrieben. Der Verfasser kennt die Details nicht aus Kriminallektüre, sondern aus eigenem Erleben: 1962 wohnte er zeitweilig *als Eheflüchtling, der nicht wußte, wie man ein Hemd bügelt*, bei seinem Lektor Franz Schonauer im rheinischen Linz, um seinen Roman weiterzuschreiben. Dort wurde eines Tages Haftbefehl gegen ihn erlassen. Es ist unklar, was genau gegen ihn vorlag. Einerseits verdächtigte man Haufs, zwei DDR-Flüchtlingen, die sich mutmaßlich in Steinstücken versteckt hielten und seitdem polizeilich gesucht wurden, bei ihrer Flucht geholfen zu haben; andererseits war das Gerücht aufgekommen, er habe dieselben verraten. Außerdem wurden Haufs' zahlreiche Reisen in die DDR sowie seine Kontakte zum dortigen Schriftstellerverband ruchbar. 56 Tage verbrachte Haufs in Westberlin in Untersuchungshaft, bis er durch anwaltliches Einschreiten und massive Solidarität der Autoren der „Gruppe 47“ wieder freikam. Am Ende wurde seine Unschuld bewiesen.

Die Wochen der Haft waren für Haufs Markstein seines Lebens. Das Ausgeliefertsein an ost- und westdeutsche Staatsgewalten, die haltlosen Beschuldigungen, die Haftbedingungen, die Begegnungen mit Arrestanten aus verschiedensten Milieus – all das empfand er einerseits als wichtige Erfahrung, andererseits strapazierte es seine ohnehin fragile nervliche Konstitution.

Aber es ist keine Reise. Ich bin angekommen. Es ist keine Reise hin und zurück. Es bleiben im Gedächtnis Geschichten, Geschichte, Biografie. Haufs ist Georg, und Georg ist ein anderer. Haufs erzählt von sich, als Georg erzählt er von Menschen, die ihm begegnet waren und im eigenen Leben Platz genommen haben.

Im Roman gibt es einen Mann namens Faßbinder, bei dem sich der Provinzflüchtling Georg einquartiert hat: eine Gestalt wie aus einem Märchen, in dem man raten muss, wie einer heißt, woher einer kommt, wer einer ist. Wer ist Faßbinder? Ein Uraltbewohner Steinstückens? Der nette Nachbar aus Georgs Kindheit? Freund seines Vaters? Der Verlorene eines Krieges, den man im Konzentrationslager erschossen hat? Der nach seinem Tod im KAFF weiterlebt, dort eines natürlichen Todes stirbt oder dieses nur vortäuscht, weil er einen Menschen, der in Gefahr ist, decken will? Oder ist Faßbinder nur ein mürrischer Greis, dessen Hund von Militärpolizisten erschossen wurde? War Faßbinder sein eigener Hund? Und wer war der Hund? Dreimal darfst du raten, und ach, wie gut, dass niemand weiß …

Der Roman zeigt Steinstücken als Sammelbecken kurioser Menschen, von denen keiner unbescholten bzw. unbeeinträchtigt von den Verwerfungen jüngster Vergangenheit ist. Seien es neben Georg und Faßbinder der prahlerische Kramladenbesitzer Pluskow, der windige Spitzel Merz, der verrückte Gerechtigkeitsjäger Nick, Gollasch, Anni, die Steinsche, Katharina, seien es wunderliche Kneipengäste, fantasielose Bürokraten oder blödsinnige Polizisten.

***

STEINSTÜCKEN ist STEINSTÜCKEN ist ein Roman. Poetisch, grotesk, barock, präzise, lakonisch, geschrieben im Atemrhythmus des Autors. Das Stakkato zeigt sein Getriebensein in klaustrophobischer Panik. Der Autor jagt Erinnerungen nach und wird von ihnen gejagt, stets auf höchster seelischer Alarmstufe. Erinnerungen verfugen sich in Rückblenden, Déjà-vus, Erschütterungen, in bedrohlichen kafkaesken Situationen. Alles wandelt und verwandelt sich, jegliches greift unauflösbar ineinander: Zeiten, Menschen, Städte, Landschaften, Tote, Lebende,

Sprachen, Namen, Verwünschungen, Krieg und Frieden, Hoffnungen, Ängste. Spielfläche der Ängste sind die Träume. Träume sind Alltag.

Alles im Roman ist wahr, nichts ist authentisch. Das meiste mutet tragisch an, vieles komisch. Die Absurditäten der Historie, die irrwitzige Bürokratie, der deutsche Ungeist, der sich in Ost und West aus den Angstblüten des Krieges und des Nachkrieges entwickelt hat, führen Regie. Rolf Haufs besaß nur eine dünne Schutzhaut, die ihm die totale Hoffnungslosigkeit vom Leibe hielt: die der Poesie.

STEINSTÜCKEN=KAFF=RHEYDT. *Diese Welt hielt Georg gefangen. Sie machte ihn. Sie befahl, sich zu begnügen, Frieden zu machen …*

Vielleicht daß es ganz anders war

Kerstin Hensel
Berlin, im Mai 2022

Kerstin Hensel, 1961 in Karl-Marx-Stadt geboren, ist Schriftstellerin und Dozentin. Sie studierte am Institut für Literatur in Leipzig und unterrichtet heute an der Hochschule für Schauspielkunst „Ernst Busch“. Bei Quintus erschien 2020 ihre gemeinsam mit Carola Wiemers geschriebene kulinarische Erzählung *Schmoren im Paradies*. Ihre jüngste Veröffentlichung ist der Gedichtband *Cinderella räumt auf* (Luchterhand, 2021). Kerstin Hensel war von 2000 bis 2013 Rolf Haufs' Lebensgefährtin. Sie lebt in Berlin-Wilhelmsruh.

Beim Kursivgedruckten handelt es sich um Zitate aus Büchern von Rolf Haufs: *Straße nach Kohlhasenbrück*, Gedichte, Hermann Luchterhand Verlag, Neuwied und Berlin 1962; *Das Dorf S. und andere Geschichten*, Hermann Luchterhand Verlag, Neuwied und Berlin 1968; *Aufgehobene Briefe*, Gedichte, Carl Hanser Verlag, München 2001; *Steinstücken*, Roman, Quintus-Verlag, Berlin 2022.

Unter dem Titel *Das Dorf S.* sollte der Roman 1963 im Luchterhand Verlag erscheinen. Offensichtlich kam dies durch die politischen Querelen, die die Verhaftung Rolf Haufs' mit sich brachten, nicht zustande. Für diese Erstpublikation des Romans wurde der Text behutsam an die aktuelle Rechtschreibung angepasst.